Pauls Bücher
1. Buch: Die Entwicklung

MännerschwarmSkript

Pauls Bücher
1. Buch: Die Entwicklung
Tagebücher einer SM-Beziehung

Herausgegeben von Joachim Bartholomae

MännerschwarmSkript
Hamburg 1998

Vorwort

Die «Vita sexualis», der sexuelle Entwicklungsroman, hat in Deutschland keine Tradition. Die literarische Erkundung menschlicher Möglichkeiten hielt sich stets an die Grenzen des salonfähigen Geschmacks, und Hubert Fichte, der den bisher anspruchsvollsten Versuch einer «Geschichte der Empfindlichkeit» vorgelegt hat, beklagt zu Recht das Fehlen einer Sprache der Sexualität jenseits medizinischer oder «ordinärer» Ausdrücke.

Das Problem verschärft sich, wenn tabuisierte Formen gelebter Sexualität beschrieben werden, zu denen der Sadomasochismus trotz momentaner Sensationslust der Medien noch immer gehört. Auf diesem Terrain bewegt sich der vorliegende Band. Es ist von Sexualität die Rede, von schwuler Sexualität, von sadomasochistischer schwuler Sexualität.

Die Tagebücher von Leon und Paul erzählen davon, wie zwei Männer, einundzwanzig und vierunddreißig Jahre alt, den Versuch unternehmen, eine Beziehung auf der Grundlage von Dominanz und Unterwerfung zu leben. Die Darstellung einer sadomasochistischen Beziehung kann sich nicht auf Metaphern von Biene und Blume beschränken, und davon sind «Pauls Bücher» tatsächlich meilenweit entfernt. Es ist von Fesselungen, Faustficks, Auspeitschungen und reichlich Sperma die Rede, aber trotzdem geht es um nichts anderes als Gretchens «Meine Ruhe ist hin, mein Herz ist schwer», um die Liebe und wie sie die Menschen verändert. Alle Erscheinungsformen von Erotik und Sexualität sind Geschmacksfragen, und der Zweck der Literatur liegt nicht zuletzt darin, Fremdartiges zu erschließen und den Lesern näherzubringen.

«Pauls Bücher» sind Tagebücher einer Beziehung. Sie sind Tagebücher im Sinn der Tradition des 19. Jahrhunderts, deren Zweck es in erster Linie ist, der lesenden Autorität Einblick in die emotionale Befindlichkeit des Schreibenden zu geben: Wenn früher höhere Töchter ihre innersten Gefühle aufschreiben mußten, damit die Mutter auch darüber ihre Kontrolle ausüben konnte, so ist es hier der Meister, der per Tagebuch nachvollzieht, wie der Masochist die gemeinsamen Erlebnisse verarbeitet.

Leon, der Masochist in dieser Beziehung, folgt dem Befehl, seine Erlebnisse täglich zu notieren. Mehr noch: Alle Auseinandersetzungen finden in schriftlicher Form statt, die Bücher sind fester Bestandteil der Beziehung. Man kann sie gewissermaßen mit den Protokollen naturwissenschaftlicher Experimente vergleichen, die jede Maßnahme des Forschers für die Nachwelt festhalten sollen. Allerdings benutzt Leon als der Unterworfene seine Eintragungen oft in geschickter Weise dazu, das Verhalten seines Meisters zu kritisieren und eigene Vorstellungen einfließen zu lassen.

Die Beziehung von Paul und Leon spielt sich nicht in einem abgelegenen Schloß in den Bergen ab, sondern im Alltag einer süddeutschen Großstadt. Paul ist seit zwei Jahren arbeitslos, was seine Meisterrolle zunehmend behindert, und Leon muß seine Masochistenpflichten mit dem Streß des Berufslebens vereinbaren. Leon weiß, daß Paul bis zum Beginn ihrer Freundschaft selbst Masochist gewesen ist, der nun dem Unerfahrenen gegenüber die Sadistenrolle übernimmt. Für Paul ist es wichtig zu wissen, daß Leon sich nicht ihm zuliebe unterwirft, sondern selbst sexuelle Lust aus den Unterwerfungsritualen gewinnt.

«Pauls Bücher» beschreiben kein Spiel, sondern eine dauerhafte Beziehung. Wenn Tomi Ungerers «Schutzengel der Hölle» von dem bizarren Schauspiel in den Studios von Dominas erzählen, bei denen Biedermänner für wenige Stunden masochistische Phantasien in fest umrissenen Szenarios ausleben, so wird hier im Gegensatz dazu der ganz normale sadomasochistische Alltag wiedergegeben. Darin wimmelt es von Widersprüchen, Wunschdenken und Spießertum, aber nur unter diesen Normalbedingungen können echte, großartige Erfahrungen gesammelt werden. «Pauls Bücher» treten den Beweis an, daß Sadomasochismus mehr ist als ein gelegentliches perverses Vergnügen, und damit stellen sie nicht zuletzt für den schicken Lederfetischisten eine Provokation und Herausforderung dar.

Der Herausgeber

Hinweis:
Die Verfasser dieses Tagebuchs verfolgen mit der Veröffentlichung unter anderem das Ziel, in Auseinandersetzung mit anderen Menschen zu treten. Deshalb sind Zuschriften an den Verlag ausdrücklich erbeten; sie werden an die Autoren weitergeleitet.

Dezember

17-12-83, in Pauls Bett: Leon

Die Aufgabe, die mir Paul, nein, die wir mir auferlegt haben, fällt mir nicht leicht. Ich soll jeden Tag alle meine Gedanken, Gefühle, Erlebnisse zu Papier bringen. Ich will mich bloßstellen vor mir und vor Ihm.

In meinen ersten Wochen bei der Schwulengruppe habe ich Paul als Mann mit sehr viel Kraft im Kopf kennengelernt. Irgendwann habe ich dann bei Ihm geschlafen. Da stand die «Kiste» in Seinem Zimmer, von der ich bisher nur in Andeutungen etwas gehört hatte. Es wurde immer wieder von Pauls «Neigungen» gesprochen und davon, daß die Kiste in Seinem sexuellen Leben eine wesentliche Rolle spielt. Der Inhalt erschreckte mich: Ketten und schwarzes Lederzeug machten mir angst. Doch die Angst legte sich, und Neugierde oder ein Traum traten an ihre Stelle. Ich stellte mir nachts beim Wichsen vor, daß ich bei Paul im Bett liege und Er die Kiste öffnet. Beim Öffnen blieb der Traum stehen. Ich wußte ja nicht, welche Möglichkeiten in dem Spielzeug steckten. Als ich dann öfter bei Paul schlief, wurden meine Wünsche zu Sehnsüchten. Ständig das Verlangen, daß Paul mir endlich nicht nur einen runterholt. Ihn nach Seiner Kiste zu fragen schien aussichtslos. Ich wußte aus Erzählungen, daß Paul als ausgemachter Masochist sicherlich nie Seine Spielsachen an mir ausprobieren würde. Mich als Sado, das konnte ich mir nicht vorstellen, dazu fehlten mir Erfahrung und Neigung.

Doch unabhängig von der sexuellen Neugierde kam die Zuneigung zu Paul. Sie entwickelte sich zuerst noch unbemerkt, ich dachte viel an Ihn und übernahm Seine Standpunkte in Diskussionen. Ich suchte immer wieder Gelegenheiten, in Seiner Nähe zu sein. Es war keine Liebe auf den ersten Blick, keine Liebe, die sich auf Äußerlichkeiten oder erklärbare Dinge stützt, sondern eine reine Gefühlssache. Ich liebe Paul, auch wenn ich nicht weiß, wohin mich diese Liebe bringt. Ich bin zu allem bereit, um Ihn, und dadurch auch mich, glücklich zu machen.

Es ist ein ganz neues Gefühl, mich mit allen Konsequenzen in Pauls Hände zu geben, die Verantwortung – auch sexuell – einem Mann zu überlassen, zu dem ich uneingeschränktes Vertrauen habe. Mich fallen zu lassen und mich Ihm unterzuordnen. Bis zu welchem Grad mir das so leichtfallen wird wie jetzt, weiß ich noch nicht.

Ich will dieses Buch als das Tagebuch einer Beziehung führen.

Donnerstag nacht, Paul hatte mich gerade mit Seinem Körper, Seinem Spielzeug und Seiner Liebe befriedigt. Ich lag gefesselt an Seinen Körper gedrückt. Mein Halsband hatte Er mit einer Kette an das Bett angeschlossen. Er flüsterte mir ganz leise ins Ohr, daß ich mir morgen in meiner Mittagspause die Schamhaare abrasieren soll. So widerstandslos hatte ich noch nie eine solche Anordnung geschluckt. Ich schlief ein, gefesselt, wie ich war.

Freitag mittag blieb wenig Zeit, über Wenn und Aber dieses Befehls nachzudenken. Ich rasierte die Haare ab und fand es geil, Seiner Anordnung widerstandslos zu gehorchen. Ich will die Abhängigkeit von Ihm und spüre sie bei jedem Schnitt mit dem Messer.

Am Freitag nachmittag konnte ich nur an Paul denken, schon allein deswegen, weil mich die haarlose Glätte um meinen Schwanz erregte.

Abends wurde mein neues Layout begutachtet. Zur Belohnung durfte ich die Dildohose anziehen. Wir wollten ins Kino gehen. Paul legte mir das Lederhalsband an, und ab ging es. Trotz des eher langweiligen Films wird mir der Kinobesuch lange im Kopf bleiben. Ich rutschte unruhig auf dem Sitz hin und her, spürte den Dildo in meinem Arsch. Der Schließmuskel pulsierte. Mein Schwanz, durch das Loch in der Dildohose gepreßt, scheuerte ständig zwischen meinen Oberschenkeln und der Jeans. Auf dem Weg nach Hause wurde ich durch das Scheuern immer geiler. Paul half nach, indem Er mir den Gummischwanz noch tiefer ins Loch drückte. An der Klappe vorbei durch den menschenleeren Park. Kälte, Schnee – in mir pochte es. Paul blieb stehen, drehte mich zu sich und küßte mich. Er umarmt mich fester und kneift mir in den Ständer. Meine Hose runterlassen, Seine Hand am Schwanz spüren. Haut auf Haut. Immer schneller werden Seine Bewegungen, fester der Griff. «Spritz, komm schon, komm.» Die Kälte am Schwanz spüren, die Faust, die ihn bearbeitet – jetzt – meine Wichse tropft in den Schnee ...

Im Bett liege ich wieder mit der Kette um den Hals, am Haken festgeschlossen, zufrieden und glücklich an Seinen heißen Körper gekuschelt. Er streichelt mich, Seine lieben Augen, ein lieber Mann.

Am Samstag sagte Paul immer wieder, Er habe sich etwas für die Nacht ausgedacht. Wir gingen früh zu Bett. Er verbot mir ab sofort, mir ohne Seine Erlaubnis an den Schwanz zu fassen. Die Dildohose wieder an. Er zog mir von hinten die Ledermaske mit den Augenlöchern über den Kopf. Ledergeruch in meiner Nase, die gegerbte Haut preßte sich an meinen Schädel. Die Hände wurden über Kreuz am Lederhalsband festgekettet. Er schaute mich stumm an und wichste, ich mußte Ihm in Seine lieben Augen sehen und wurde geil, wollte Seinen Schwanz massieren. Der Saft tropfte von Seiner Eichel auf das Laken. Ich mußte mich am Bettende auf den Boden knien, sah Ihn auf dem Bett liegen, wie Er hemmungslos wichste. Ich durfte mich jetzt im Spiegel ansehen. Geiles Leder um mein Gesicht, mein Ständer drückte sich durch das Loch der Hose. Nietenhalsband, Handschellen. Paul band meine Hände los, ich durfte wichsen. Eine Minute, und schon spritzte mein Saft auf den Teppich, weiße Schaumtropfen vor dem Spiegel. Er warf mir ein T-Shirt zu, um den Boden trockenzuwischen.

Es war früh am Abend. Paul wohnt in einer WG, und zusammen mit seinen Mitbewohnern saßen wir im Wohnzimmer vor dem Fernseher. Irgendwann stand Paul auf, wünschte allen eine gute Nacht. Mir flüsterte Er ins Ohr, daß ich gleich mitkommen soll. Wieder im Bett, streicheln, küssen, einige Umarmungen, liebe Blicke, liebe Worte. Er redete immer von Gummizeug, in dem ich heute nacht schlafen müßte. Unbehagen kam bei mir auf. Die ganze Nacht von der Zehenspitze bis über den Kopf in Gummi, angekettet ans Bett, unfähig, mich zu befreien? Die Angst machte mich geil. Paul erzählte mir, daß Er es in diesem Anzug kaum einen Kinobesuch lang ausgehalten hat. Ich sollte es die ganze Nacht ertragen. Erregt, wie ich war, massierte ich meinen Schwanz. Paul bemerkte es natürlich sofort, und ich mußte mir eine Strafe ausdenken. Er war mit dem Versprechen zufrieden, daß ich mich auch in Seiner Abwesenheit nicht mehr dort anfassen würde, ohne Ihn zu fragen.

Paul befahl mir, den Gummianzug auf dem Boden auszubreiten. Gemeinsam puderten wir ihn ein. Erst die Füße hinein, vorsichtig die Hände und Arme. Jetzt zog sich die Gummihaut über meinen Kopf, geschmeidig, elastisch und noch etwas kalt. Blind, wie ich war, legte mich Paul aufs Bett, schob mich hin und her, streichelte über meine zweite Haut. Kribbelig und ganz intensiv war das Gefühl durch den Gummi. Bei jeder Bewegung spürte ich den Widerstand. Paul flippt fast aus, als ich Ihn mit den Händen am ganzen Körper streichle, ich drücke mich an Ihn heran, beginne, langsam Seinen Schwanz zu massieren. Er aalt sich im Bett. Mein Schweiß macht den Gummi rutschig. Ich liege im eigenen Saft, flutsche im Anzug umher, werde geiler und geiler. Paul massiert meinen Ständer durch den Gummi. Stöhnen, geiles Atmen, ich lege mich mit dem Rücken auf Ihn. Seine Massage wird stärker. Ich kann nicht mehr – «Spritz!» – Sein Befehl, und mir schießt der Saft aus dem Schwanz, vermischt sich mit dem Schweiß, wird zwischen Gummi und Haut auf meinem Bauch verteilt. Paul stöhnt, ich wichse Ihn mit meiner schwarzen Gummihand, erst langsam, dann immer schneller, hemmungslos quetsche ich Seinen Schwanz durch den jetzt feuchten Gummi. Ein Schrei – Pauls Sperma spritzt im Bogen und klatscht auf meinen Bauch. Etwas bleibt in Seinem Bart hängen ... Entspannt lasse ich mich aufs Bett fallen, schlafe im Gummianzug ein.

18-12-83: Leon

Der ganze Sonntagnachmittag nervte. Ich war bei Mutter zur Geburtstagsfeier eingeladen. Getrennt vom Liebsten aller Menschen, die ich im Moment kenne. Ohne Auto gab es auch keine Chance, zu Ihm zu fahren. Ich machte mich auf eine «kalte» Nacht allein im Bett gefaßt. Das Telefon klingelte im Wohnzimmer, es war Paul. Geplauder hin und her. Mir geht es runter wie Öl, als Er sagt, daß Er sich ohne mich jetzt nicht wohl fühlt. Lieber, lieber Mann. «Bist du spitz? Zieh dich aus, leg dich nicht auf die Ledergarnitur. Du darfst dir an den Schwanz fassen und dich massieren, aber nicht spritzen!» Paul genießt meine Abhängigkeit. Ich setze mich in den Bus und fahre in die Stadt. Scheiß Straßenbahn, fährt erst in 20 Minuten, U-Bahn, dann laufen. Mir kommt eine Idee. Ich laufe ein Stück weit die gleiche Strecke wie am Freitag, als wir vom Kino kamen. Die ganze Geilheit des Freitagspaziergangs kommt in mir hoch, jede Szene schießt mir durch den Kopf. Ich überlege, ob ich mich in der kleinen Gasse nicht einfach an die Sandsteinmauer drücke – kalter, rauher Stein. Im Halbdunkel meinen Schwanz kneten und auf den Boden spritzen. Nein! Ich will mich nicht anfassen, ich will Paul gehorchen.

Paul freut sich auf mein Kommen. Ich spüre Seine Liebe. Nach kurzer Zeit liege ich mit Händen und Füßen in Eisen. Spritze ab, mußte mich aber selber wichsen. Paul hob sich Seine Befriedigung für später auf. Im Bett zog sich Paul eine Gummimaske über, es machte Ihn an, mich natürlich auch. Sein Schwanz ist wie immer tropfnaß, schöne langsame Schwanzmassage. Die gedämpften Stöhner von Paul treiben mich dazu, Ihm schnell einen Orgasmus zu bringen.

19-12-83: Leon

Abends komme ich mit dem Auto zur Wohnung, endlich liege ich bei Paul im Bett. Heute ist Er noch zärtlicher, Er streichelt mich, sagt mir liebe Worte, findet mich schöner als früher. Es stimmt, daß die Entdeckung dieser neuen Sexualität mich verändert. Wir flüstern uns liebe Worte ins Ohr. Er hat mein T-Shirt an und einen Steifen. Mir fällt auf, daß Er jetzt von allein eine Erektion bekommt, ganz anders als früher. Paul schmiegt sich liebevoll an mich. Es ist ein schönes Gefühl, zu wissen, daß man so geliebt wird. Ich bringe Paul hoch, Er drückt Seine Nase unter meine Achseln, wirft sich hin und her, Er kann mich riechen, mag meinen Geruch, mein Schweiß erregt Ihn. Die Körper sind ineinander verschlungen, liebe Worte, Küsse, Umarmung, Bisse, alles eine Bewegung, ein Herausquellen unserer Liebe zueinander. Pauls Orgasmus werde ich nie vergessen. Ich habe so etwas noch nie erlebt. Geschrei, Sein zuckender Körper, Sperma schoß aus Seinem Schwanz, Krämpfe, Stöhnen, bis Er in sich zusammensackte, erschöpft, ruhig.

Frech grinsend nahm Er mich bei der Hand, Er hatte noch etwas mit mir vor. Zuerst wollten wir aber noch einen Wein trinken gehen. Paul machte mich hübsch, schnallte mir das breite Lederhalsband und einen Lederslip um. Wir fuhren noch keine hundert Meter, als Paul anhielt. Er drückte mich im Sitz nach vorn, und schon waren meine Hände mit Handschellen auf dem Rükken gefesselt. Ich wußte nicht, was Paul mit mir vorhatte. Mir schossen die wildesten Gedanken durch den Kopf. Vielleicht fährt Er mit mir in den Wald oder womöglich zu einem anderen Typen in die Wohnung. Raus aus der Stadt. Während der Fahrt bearbeitete Paul meinen Ständer. Er leckte bei jeder roten Ampel meinen Schwanz. Ich liege jetzt fast ganz flach im Sitz. Paul fährt zu einem abgelegenen Parkplatz. Motor aus. Licht aus. Fast kam ich mir gekidnappt vor. Er packt meinen Schwanz, ich stöhne. Die Lederriemen der Hose binden mir die Eier ab. Paul zieht mir die Hose runter, leckt und massiert mich. Er fährt weiter. Ich werde die ganze Fahrt über bearbeitet. In einem Dorf halten wir noch einmal, mitten in der Ortschaft. Ich sehe Ihn nur im Gegenlicht, mit Lederjacke. Die Jacken scheuern aneinander, als Er sich über mich beugt, ein irres Geräusch. Hier im Auto sehe ich Paul noch stärker als S, Er wirkt unheimlich, und ich bin neugierig und geil auf das, was Er als nächstes mit mir machen wird. In meiner Wohnung angelangt, bekomme ich endlich einen Orgasmus. Schlafe die ganze Nacht von Paul umklammert.

20-12-83: Leon

Es war ein schöner Tag. Paul den ganzen Tag bei mir zu haben, sogar im Geschäft, läßt mich ganz anders auf meine Umwelt reagieren. Wir frühstücken zusammen, verpacken Geschenke. Paul spielte im Laden mit meinem Schwanz, leckte mich sogar. Er fuhr am Nachmittag in die Stadt, hatte eine Idee und wollte mir etwas «Schönes» kaufen. Abends rief er mich dann an, ich saß gerade über dem Tagebuch: «Ich habe dein Geschenk bekommen und fahre zu dir.» Ich konnte mir nicht vorstellen, was er für mich besorgt hatte. Das Ding war hübsch verpackt, auf dem Geschenkpapier waren Hufeisen aufgedruckt. Da wußte ich sofort, was das Papier verbarg, eine Reitpeitsche! Paul setzte seine vor Tagen geäußerte Vorstellung also in die Wirklichkeit um. Wir heizten das kalte Schlafzimmer. Er befahl mir, noch einmal in die Plastiktüte zu schauen, in der die Peitsche war. Ich fand Bein-, Arm- und

Halsfesseln aus Leder, mit Ketten verbunden. Ich konnte mich mit dem Bondage wenig bewegen, nur kleine Schritte machen, die Hände kaum wegstrecken. Paul machte es an, als ich mich im Spiegel betrachtete. Ich leckte Seinen Schwanz und wurde geil. Paul hielt mir die schwarze Gerte vor die Augen, ganz nah. Ich musterte sie vom Griff bis zur Spitze, sah Pauls glänzende Augen, spürte, wie es immer mehr in mir hochkam. Er ließ mich nicht aus den Augen. «Hast du Angst?» Keine Antwort von mir. «Gib Antwort, wenn ich dich etwas frage.» Ich machte mich mit dem Mund an Pauls Schwanz zu schaffen, so brauchte ich nicht zu antworten. Er hielt mir die Peitschenspitze unter die Nase. «Du bist stolz, hast schöne stolze Augen, aber Angst hast du. Egal, ob du Angst hast oder nicht, du wirst heute einen Schlag bekommen.» Mein Stolz bringt mich jetzt in eine sehr unangenehme Situation. Ja, ich habe Angst. Gleichzeitig werde ich aber geil auf das, was jetzt kommt. Mich erregt die Stimmung so sehr, daß ich mir einfach an den Schwanz greife. Ein stechender Blick von Paul: «Was soll das?» Ich entschuldige mich sofort, und Er vergibt mir. Mehr noch, ich darf mich vor den Spiegel stellen und an den Schwanz fassen. «Dreh dich etwas zur Seite, mehr.» Zisch, klatsch – die Gerte knallt mir über den Rücken und halb über den Arsch. Ein kurzer, stechender Schmerz. Ich bin erschrocken, eigentlich mehr über das Geräusch der Peitsche, die so unverhofft zuschlug. Ich lege mich wimmernd ins Bett. Paul streichelt mich, knetet meinen Schwanz. Ich zittere vor Geilheit am ganzen Körper. Meine Muskeln verkrampfen sich. Paul bearbeitet mich weiter, und ich platze aus mir heraus. Ich liebe diesen Mann und Seine sadistischen Gefühle, und Er liebt mich.

21-12-83: Leon

Noch fast einen ganzen Tag lang ist Paul bei mir. Wir fahren zusammen einkaufen. Massageöl, Gleitcreme: der arme Apotheker.

Nachmittags bleibt Paul bei sich zu Hause. Ich fahre zurück ins Geschäft. Er stellt mir beim Verabschieden frei, ob ich unser neues Spielzeug heute abend mitbringe. Im Geschäft sause ich öfters zum Klo und betrachte den roten Striemen überm Arsch. Natürlich werde ich die Gerte mit zu Paul nehmen. Ich bin geil darauf, geschlagen zu werden, und neugierig, wie weit Paul gehen wird. Nach Geschäftsschluß mache ich Eintragungen ins Tagebuch. Er ruft schon an, wo ich denn bleibe.

Wir essen abends bei Paul gemütlich vorm Fernseher. Paul geht schon in Sein Zimmer. Morgen will ich mit einem Freund Klamotten tauschen. Ich werde Seine schwarze Lederhose anziehen. Sehe sie am Stuhl hängen und schlüpfe hinein. Paul liegt schon im Bett. Er sieht mich in der Lederhose, und es scheint Ihm zu gefallen. Ich ziehe mir nach Seiner Aufforderung die schwarze Lederjacke an. Krabbel zu Paul ins Bett. Er schnuppert an der Jacke, streichelt über das Leder. Ein irres Geräusch! Wir unterhalten uns über die vergangene Nacht, über die Reitgerte, die ich mitgebracht habe. Ihm fällt auf, daß ich mich heute sehr übermütig benehme. Es war meine Absicht, Paul zu provozieren. Ich will die Peitsche heute spüren, hole sie und lege das schwarze Ding auf Pauls Brust. Wir küssen uns, ich liege mit der Montur auf Paul. Schon knallt der erste Schlag auf meine Hose. Der Schlag ist durchs Leder kaum zu spüren, aber er macht mich an. Geil bearbeitet mich Paul mit Hand und Gerte, Hose auf, Schwanz raus. Ein Gewühle zwischen den Körpern, Paul total spitz, Sein Saft ist schon schaumig vom Wichsen. Ich lecke die Sahne ab. Ich fasse mich an den Schwanz und kriege natürlich gleich eins auf die Pfoten gebrannt. Paul zieht mich zu sich hinauf und droht mir fünf Hiebe auf den nackten Arsch an.

Fünf Stück! Jetzt wird mir doch mulmig. Ich muß Ihm sagen, daß ich damit einverstanden bin. Er zieht mir die Lederhose vom Arsch und zerrt mich an den Füßen vom Bett, so daß ich mit meinem nackten Hintern über der Bettkante liege. Ein pfeifendes Geräusch, mir verkrampfen sich alle Muskeln, ich blicke Ihm ängstlich in die Augen. Er drückt mein Gesicht aufs Laken. Klatsch, der erste Schlag sitzt, noch einer, noch einer, ich bin nur noch geil. Das Brennen der Striemen drückt das Blut in meinen Schwanz. Paul legt sich mit mir aufs Bett, knetet meinen Ständer, wichst sich selbst, schneller, heftiger: «Komm, los!» Ich spritze, drücke aus dem Schwanz, was ich kann. Paul steckt sich den Knebel in den Mund, den ich vorher noch drinhatte. Sein Kopf schwillt an, Wimmern, Zucken, Ihm macht das Schlagen genauso viel Spaß. Es platzt aus Ihm heraus.

Wir probieren unser neues Massageöl an Pauls Rücken aus und schlafen schnell ein. Wieder mit Handschellen, an die ich mich beim Einschlafen schon gewöhnt habe.

24-12-83: Leon

Endlich komme ich zur Ruhe, habe Zeit, in Pauls Buch zu schreiben. Die Tage der Hektik haben ein Ende, das nervenaufreibende Geschäft, die Spannung, nach Ladenschluß endlich bei Paul sein zu können. Am Nachmittag habe ich gebadet und faul im Bett gelegen. Vor dem Fenster betrachte ich meinen nackten Arsch, sehe noch die roten Striemen, die mir die Gerte vorgestern verpaßt hat.

Donnerstag führte mich Paul aus. Ich zog die Lederhose an, Seine schwarzen Reiterstiefel bis fast unters Knie, Lederjacke. Ich war stolz, Ihm zu gefallen, stolz, daß Er mich der Öffentlichkeit zeigte, als wir mit einem Freund in eine Kneipe gingen. Es gefiel mir, mich von Kopf bis Fuß in schwarzem Leder zu wissen, die festen Stiefel um meine Waden zu spüren.

Zu Hause schnürte mir Paul die Ledermaske um den Kopf. Die Jacke trug ich jetzt auf blanker Haut. Ich betrachtete mich im Spiegel, ganz in Leder, meinen steifen Schwanz aus dem Hosenschlitz ragend. Paul setzt sich hinter mich und betrachtet uns im Spiegel.

Er streichelt über die Maske, nimmt mich an der Hand, führt mich ans Bett. Ich bringe Ihm wie befohlen die Gerte, lege mich auf Seinen nackten Körper, streichle Seinen Bauch, Seine Füße, umarme den Kopf. Ich könnte stundenlang Sein liebes Gesicht betrachten, die klaren Augen, die so viel von Seinem Inneren widerspiegeln. Seine Männlichkeit zieht mich an.

Paul zieht mir den Arsch in die Höhe, streift die Lederhose bis zu den Oberschenkeln hinunter. Er kitzelt mich mit der Reitpeitsche, läßt sie zwischen meinen Schenkeln spielen.

Der Hieb war kräftig, Er zog mit der Gerte nur einmal über die Haut, doch ich spürte Seine Lust, mich stärker als bisher zu schlagen, Seine Lust an den Schmerzen, die Er mir zufügt, das aufgeilende Gefühl, daß Ihm mein Körper zur Verfügung steht.

Die letzte Nacht zieht an mir vorbei. Im Gummianzug streichle ich Seinen Körper, reize Ihn. Sein Schwanz tropft. Ich ziehe Ihm die Vorhaut zurück, lecke Seinen Saft, befeuchte die Eichel mit meiner Spucke, damit die Haut sich flutschig über das geschwollene Ding zieht. Spiele mit meinen Gummihänden an Seinen Eiern. Ich beuge mich zu Seinem Gesicht, rieche das Leder der Maske, die Seinen Kopf einschnürt. Ein dumpfer Aufschrei, und Seine Wichse spritzt auf den zuckenden Bauch. Der Körper spannt sich wie ein Bogen, sackt in sich zusammen.

24-12-83, 23.00 Uhr: Leon

Die erste Nacht ohne Dich.
Paul, Du fehlst mir!
Ich möchte Deine Hände spüren, Deinen Körper.
Doch nicht einmal die Gerte spüre ich. Ihr Zischen,
den Schmerz vermisse ich jetzt.
Das Telefon bleibt stumm.
Ich liebe Dich.

25-12-83: Leon

Bin gerade mit Kopfschmerzen aufgewacht. Anscheinend habe ich gestern nacht doch zuviel getrunken. Paul rief noch ganz kurz an, jetzt warte ich auf Ihn.

Sein Gebot, meinen Schwanz nicht anzufassen, habe ich bisher eingehalten, obwohl es mir im Moment ziemlich schwerfällt. Die Tage und Nächte mit Paul kommen mir wie ein Traum vor, sie sind so weit weg. Nur wenn Er vor mir steht und ich Ihn in die Arme nehmen kann, ist mir bewußt, daß ich selbst es war, der die letzten Tage mit Paul verbracht hat. Jetzt kommt mir die vergangene Woche wie ein Film vor, den ich im Kino gesehen habe.

26-12-83: Leon

Paul kommt, ich sehe, wie Er den Wagen einparkt, öffne die Tür.

Endlich steht Er wieder vor mir. Freude in Seinen Augen, Wärme, die ich bei den Umarmungen spüre. Keine Viertelstunde, und wir liegen im Bett. Mein Verlangen nach Sex ist in Seiner kurzen Abwesenheit enorm angestiegen, Er bringt mich hoch, provoziert mich, und ich fasse mir an den Schwanz. «Was soll das! Sag eine Zahl zwischen fünf und dreißig, schnell!» Die acht kommt mir über die Lippen. «Acht, und zwei von mir.» Erst jetzt weiß ich, was Er mit der Zahl anfangen will. Noch zwei mehr, weil ich mich nicht sofort bedanke. Ab in die Stadt, Spielzeug einpacken. Auf dem Weg zurück bekomme ich meine Bestrafung.

Mitten im Wald am Abenteuerspielplatz bindet mich Paul an einem Gestänge fest. Ich muß die Schläge auf meinen nackten Arsch mitzählen. Nach dem dritten glaube ich, nicht mehr zu können, bitte Paul aufzuhören. Er schlägt aber weiter. Zurück ins Auto, eine geile Nacht vor uns. Die Nächte mit Paul, die Tage, ich will abhängig sein von Ihm, ganz Ihm gehören.

Paul

Es geht mir sehr gut.

Es ist Wahnsinn, wie eine Liebe das ganze Leben und Denken verändern kann. Kühnste SM-Träume setze ich mit Leon in die Tat um, und es bringt Spaß, es macht geil, und vor allem, es verbindet uns beide.

Oft hab ich mich in den letzten Tagen gefragt, wohin das führen soll, zu welchen Taten ich bei Leon noch fähig bin. Mir fallen da ein: Auftreten mit Maske in der Öffentlichkeit, bei Feiern oder beim Stadtbummel; Leon anderen Männern ausliefern; Leon auf den Bahnhof stellen; ihn in der Kneipe beauftragen, andere Männer anzumachen, und so weiter.

Heute nacht bin ich um halb fünf aufgewacht und war voll starker Gefühle zu Leon. So etwas passiert sonst nie, da ich einen guten Schlaf habe.

Weshalb macht Leon das alles mit? Zu Anfang hab ich vermutet, daß er das nur aus Neugierde oder aus Sympathie zu mir macht. Aber ich meine ziemlich viel Beweise zu haben, daß Leon eine perverse Sau ist, die diese Sachen wirklich liebt. Es ist einfach toll, welche Gefühle in einem Menschen wie Leon geweckt werden können. Er ist ein Mann mit Stil, ehrlich und unheimlich konsequent. Er hat es sogar geschafft, mich bei der gestrigen Familienfeier etwas verlegen zu machen. Ich hab ihn gestern bewundert, wie er sich mir gegenüber im Beisein von Mutter und Schwester mit Mann verhält, mich umarmt und küßt und dabei auch noch sein Leder so offen zur Schau stellt – meine Hochachtung, lieber Leon.

> *Kann sein, daß es das war,*
> *noch ein paar Tage oder ein Jahr?*
> *Kann sein, daß da was war,*
> *Liebe und sonst gar nichts...*   (Song von Ina Deter)

Aber du wirst noch genug Gelegenheit haben, deinen Mut und Stolz unter Beweis zu stellen, glaub mir. Wenn du beim Lesen hier angelangt bist, sollst du etwas dazu schreiben. Du solltest überhaupt versuchen, nicht nur eine ziemlich genaue Beschreibung unserer Liebe zu geben, sondern vielmehr deine Gedanken und «inneren Diskussionen» aufzuschreiben.

Ich lieb dich sehr stark. Jetzt fahre ich nach Hause. Ich muß mal was anderes tun. Dein S.

PS: Überleg dir etwas, in das man «m Leon» gravieren kann – im Gegenzug möchte ich einen Armreif mit einer Gravur von dir haben.

27-12-83: Leon

Mein lieber S!

Es freut mich, daß Du heute nacht vor Liebe aufgewacht bist. Du hast sicherlich recht, wenn Du schreibst, ich sollte mehr über meine Gedanken und «Diskussionen» berichten. Ich werde es versuchen, doch waren mir die Geschehnisse der vergangenen Tage und Nächte so wichtig, daß ich sie aufschreiben mußte. Leider blieb bei diesem Zeitdruck dann nicht mehr viel für den Kopf übrig. Deine Phantasien und die Spiele sind bei mir so eingeschlagen, daß sie mir den ganzen Kopf ausfüllten. Natürlich mache ich mir Gedanken auch über die Fragen, die Du aufgeschrieben hast.

Du fragst, wo uns das hinführen soll? Führen mußt Du mich. Ich habe mir Gedanken darüber gemacht, wie weit ich mitgehen kann. Es hängt von Deiner Kraft ab, Du wirst sehr viel davon brauchen, um mich überall hin mitzunehmen. Du mußt die Kraft und die Härte aufbringen, mich zu führen. Mit einem Meister, der mich mitnimmt, habe ich vor dem Weg keine Angst. Das Wort Meister fände ich zwar doof, doch es paßt zu der Rolle, die Du übernehmen mußt. Ich werde es Dir sicherlich nicht immer so leicht machen wie bisher. Ich bin ein Egoist und stolz, Du wirst Deine Mühe damit haben, diese Kräfte in die richtige Richtung zu bringen.

Mir kommt jetzt die Nacht am Kinderspielplatz im Wald wieder hoch. Als Paul mich am Gestänge festband und die Gerte durch die Luft pfiff, war mir unklar, warum ich das alles mitmache. In diesem Augenblick hatte ich die elf Schläge vor Augen, und ich wußte, daß mir die letzten fünf vor ein paar Tagen schon gereicht hatten. Ich will ja die Schläge, die extreme Anspannung vor dem ersten Zug. Bevor und während Paul mich schlug, blieb aber nur Angst, sie verdrängte in diesem Moment alle Geilheit in mir. Doch nach der letzten Dresche kam alles wieder hoch, das geile Brennen der Haut, der Mann neben mir, Leder, die dunkle Umgebung, das alles machte mich geil. Die Tortur stärkt meine Liebe zu Paul, verbindet mich mehr mit Ihm. Ich komme mir warm und beschützt vor, als ich, an Ihn geklammert, den Weg vom Spielplatz zum Auto zurückgehe. Wir setzen uns ins Auto, unser Lied «Kann sein, daß es das war ...» dröhnt aus den Lautsprechern. Ich fühle mich immer noch zu weit von Paul entfernt, drücke mich an Ihn und möchte in Ihn hineinkriechen, mit Seinem Körper verschmelzen. Tränen laufen mir über die Wangen. Das erste Mal seit Jahren, daß ich wieder weinen kann, weinen vor Glück, diesen Mann zu lieben, weinen vor Angst, Ihn irgendwann mal zu verlieren. Bei jeder Umarmung, jedem Kuß möchte ich in Ihn fallen, mich in Paul verlieren, aufgesogen werden, um eins mit Ihm zu sein.

Ein wichtiges Ereignis für mich: Paul ist den ganzen Abend nicht gut drauf. Ich will Ihn aus Seinem Nerv herausholen, denn ich weiß, daß Er mich liebt. Erst am anderen Morgen bekomme ich ein paar schwächere Schläge zu spüren. Es ist wichtig, daß ich selbst diese Gewalt erleben will, daß ich aktiv darauf hinsteuere und mir bewußt mache, daß ich nicht leide, um Paul einen Gefallen zu tun.

28-12-83: Leon

Paul bringt mich relativ früh zum Abspritzen. Er zieht mir die Ledermaske über den Kopf, kettet meine Hände am Halsband fest. Er geilt mich wieder auf, erlaubt mir, vorm Spiegel zu wichsen. Doch meine Gedanken sind zu sehr durcheinander, ich will Ihn sehen, wie Er auf dem Bett liegt und wichst, will mich im Spiegel betrachten mit Ledermaske. Die angeketteten Hände machen es mir unmöglich, mich zu befriedigen. Ich krieche wieder zu Paul ins Bett. Er läßt sich nicht erweichen, mir einen runterzuholen. Ich drehe fast durch. Er streichelt mich, packt mir an den Schwanz, flüstert mir geile Sachen ins Ohr. Er schlägt mir vor, ich soll mir etwas Tolles einfallen lassen, dann wird Er mich wichsen. Paul ist mit keinem Vorschlag zufrieden; mein Abspritzen müsse mir schon mehr wert sein. Er macht den Vorschlag, daß ich einen Typen anmachen soll, den Er aussucht. Ich soll versuchen, ihn abzuschleppen, aber er darf mir nicht an den Schwanz fassen. In meiner Lage würde ich in alle Vorschläge einwilligen, nur um abzuspritzen. Paul greift mir an den Schwanz, es durchzuckt mich, ich spritze ab. Doch Paul befreit mich nicht von der Ledermaske. Er kettet mich am Bett fest und will, daß ich die ganze Nacht so verbringe. Die Zeit vergeht langsam, die Maske drückt, das Atmen fällt mir schwer. Nicht die Schmerzen, die die Maske verursacht, sondern die unbequeme Lage, die mich am Einschlafen hindert, macht mich fertig. Ich will nicht stöhnen oder mich im Bett wälzen, kann aber nicht einschlafen, schrecke immer wieder hoch, die Zeit vergeht nicht. Ich habe die langen Stunden bis zum Morgen vor Augen. Mich packt die Panik, diese Maske loswerden zu müssen. Ich atme so unkontrolliert, daß ich fast ersticke. Paul hält jetzt auch noch die Gerte, streichelt mir damit über den Körper, ich höre ihr Zischen durch die Luft. Die Angst vor Schlägen zerreißt fast meine aufgekratzten Nerven. Fast ersticke ich, fast drehe ich durch.

Als Paul mir die Maske abnimmt, habe ich Tränen in den Augen. Ich kuschle mich an Ihn, spüre Seine Liebe. Die Hände auf dem Rücken gefesselt, schlafe ich an Paul gedrückt ein.

Paul ist an die Grenze meiner momentanen Belastbarkeit gestoßen.

29-12-83: Leon

Erst heute wird mir klar, worauf ich mich gestern eingelassen habe. Ich hoffe, daß mir Paul genügend Kraft gibt, morgen abend einen Typen abzuschleppen. Meine Schwierigkeiten liegen nicht darin, einen Mann anzumachen, sondern darin, daß Paul es von mir verlangt, der Mann, den ich liebe. Ich werde es versuchen, weil Paul es will.

Als ich nachts zu Paul ins Bett krieche, bleiben meine Zärtlichkeiten unerwidert. Was habe ich falsch gemacht? Unruhig schlafe ich neben Ihm. Meine Gedanken drehen sich im Kreis. Er ist sauer, weil ich nicht gleich mit Ihm ins Bett gegangen bin, nicht mehr mit Ihm geredet habe. Bin traurig, daß ich Paul verletzt habe, Seine Zärtlichkeit heute nacht nicht spüren kann.

30-12-83: Leon

Beim Aufstehen ist Paul ganz kurz angebunden, immer noch böse wegen der vergangenen Nacht. Mit einem Druck in der Magengegend gehe ich ins Geschäft, will Ihn anrufen, habe aber keine Zeit. Die Spannung in mir dauert an. Ich suche nach einem Weg, wieder an Paul ranzukommen. Mittags am Telefon ist Er noch verschlossener. Ich erfahre, daß die Mitbewohner von Pauls WG, in die ich einziehen will, mein Verhalten und meine Haltung zu Paul nicht verstehen. Ich habe eine Wut im Bauch auf ihre Meinung und auf das Urteil, das sie sich über meine «Unterwürfigkeit» gebildet haben. Hab überhaupt keine Lust mehr, über Silvester zu verreisen.

Raus aus dem Geschäft. Die Aussprache mit meinen Freunden tut gut, ich versuche ihnen klarzumachen, daß ich kein hirnloses Schaf bin und Paul mir etwas in den Kopf trichtert, das ich nicht will, sondern daß ich mich freiwillig füge. Nach dem Gespräch ist mir leichter, ich möchte viel öfter mit ihnen über meine, über unsere Probleme und über unser Handeln quatschen.

Paul ist noch immer verschlossen. So könnte ich ihn nicht alleinlassen, ich hätte keine Sekunde Spaß bei dem Gedanken, den liebsten Menschen im Stich zu lassen. Wir reden über die Probleme, und ich spüre, daß bei Ihm etwas raus muß. Ich will Ihn in die Arme nehmen, Ihn drücken, spüren lassen, wie sehr ich Ihn liebe. Ich nehme Seinen Kopf auf die Schenkel, streichle Seine Haare. Langsam beginnt die Mauer um Paul abzubröckeln. Ich sehe in Seine Augen – Umarmungen, Küsse, ich bin plötzlich furchtbar geil auf Ihn, Er auf mich. Seinen nackten Körper streicheln, Ihn meine Liebe spüren lassen, hören, wie Er aufstöhnt, Seine Liebe wieder spüren. Ein Aufgeilen, Er macht mich wie betrunken, sehe, spüre nur noch Ihn.

Ich streife Ihm die Ledermaske über, fessele Ihn an Händen und Füßen, es geilt mich auf, wie Er auf diese Behandlung einsteigt, ich kann mich in Ihn einfühlen. Ich spüre, wie nah S und M zusammenliegen. Paul spritzt ab, entlädt Seine Verstocktheit, Seine Wut mit dem Sperma, spritzt mir Seine Nöte auf den Bauch. Nach dem Abspritzen klären sich unsere Köpfe wieder, erleichtert sehen wir uns in die Augen. Paul kann sich nun doch entschließen, mit mir zu verreisen.

31-12-83: Leon

Ein schöner Tag. Ich merke, daß Paul nicht gern zur Silvestergala gehen will. Doch Er stellt es mir frei, ob wir wieder abreisen oder hier die Silvesternacht verbringen. Die Abreise wäre mir sicherlich leichter gefallen, wenn Paul einfach beschlossen hätte, daß wir heimfahren. So aber läßt Er mir die Entscheidung. Ich bin unheimlich versessen darauf, mal wieder etwas größeres Schwules mitzukriegen, habe mich auf die Nacht zu Neujahr gefreut, die ich mit anderen Schwulen verbringen wollte. Ich entscheide mich für Paul, für die Liebe, will tun, was Ihm angenehm ist.

Trotzdem bin ich auf der Rückfahrt sehr frustriert und nicht sicher, ob meine Entscheidung richtig ist. Ich sehne mich nach der Gerte, dem Beweis Seiner Liebe. Als ob Paul es gespürt hat, fährt Er auf einen Parkplatz: Handschellen an, Halsband um. Er drischt mir die Pferdepeitsche über den nackten Arsch. Ich fühle mich wohler, je näher wir nach Hause kommen. Will nichts von diesem Silvester wissen, von den Hoffnungen der Menschen um mich herum, daß nach Mitternacht ein großer Knall ihr Leben, ihr Glück auf die richtige Bahn bringt. Die Liebe zu Paul ist so groß, daß sie alles andere überstrahlt, die Umwelt wird bloß nebensächlich, so wie ich.

Mich verlangt danach, mich mit Paul in der Öffentlichkeit zu zeigen, meine Unterwerfung zur Schau zu stellen. Ich will mit Ketten gefesselt und mit Halsband in Kneipen gehen und zeigen, wen ich so liebe, wem ich mich unterwerfe.

Januar

01-01-84: Leon

Ein ruhiger Sonntag. Spät aufstehen, mit Ruth und Peter Kaffee trinken. In der Wohnung erzählen die anderen, daß die Nacht kein großes Ereignis war. Das nimmt mir die Befürchtung, etwas versäumt zu haben.

03-01-84: Leon

Heute morgen fährt Paul mit ins Geschäft. Wir frühstücken. Er hilft mir, den ganzen Nerv im Geschäft zu ertragen. Ich kann mich besser auf meine Arbeit konzentrieren, bin ruhiger, als wenn ich allein arbeite. Der Gedanke, mit Paul zusammen etwas aufzubauen, gefällt mir. Ich sehe uns miteinander in einer eigenen Firma arbeiten. Ein Traum, den wir schon einmal zusammen ausgesponnen haben.

Geschäftsschluß. Wir wollen abends ins Kino gehen. Bei einer Rangelei schlägt mir Paul dermaßen in die Eier, daß ich vor seinen Füßen zu Boden sinke. Gekrümmt liege ich unter Ihm, sehe seine Stiefel, blicke an Ihm hoch. In seinem Gesicht sehe ich, daß es Ihm leid tut und daß es nicht seine Absicht war, mir so stark zwischen die Beine zu schlagen. (Vor seinen Stiefeln zu liegen, an Ihm hochzublicken ist mir ganz stark im Kopf geblieben.)

Nachts liege ich neben Ihm, spüre die Ketten, die Er mir an die Füße und um den Hals gelegt hat. Ich fühle mich wohl dabei, gefesselt neben Ihm zu schlafen. An den Tagen, an denen Er mich nachts nicht ankettet, fehlt mir das Gefühl, im Schlaf an Ihn gebunden zu sein.

04-01-84: Leon

Paul will mich mit zwölf Schlägen bestrafen, weil ich das «Buch» vernachlässigt habe. Ich habe Angst vor der Gerte, die Anzahl der Schläge wird immer höher, und ich weiß nicht, wie ich diese Erziehung durchhalten soll. Ich bin mir sicher, daß Paul mir die Strafe nicht erlassen wird und daß ich wieder geschlagen werde, weil es Ihm gefällt und ich es möchte. Trotzdem, die Angst vor den Hieben bleibt.

05-01-84: Leon

Reisevorbereitungen, wir fahren mit Freunden nach Dänemark. Ich freue mich auf den Urlaub. Bin gespannt, was mich in Hamburg erwartet. Paul hat schon einige Andeutungen gemacht, daß Er sich etwas ausgedacht hat. Ich freue mich, daß Paul mich im Geschäft abholt.

06-01-84: Leon

Ich lege mich zu Paul ins Bett, und die Geilheit schlägt auf Ihn über. Wir umarmen uns wild. Ich will Paul in den Arsch, Er streckt mir seinen Hintern entgegen. Ich fessle Ihn, stecke Ihm den Knebel in den Mund. Ganz langsam schiebe ich den Gummischwanz in Sein Loch, Er stöhnt. Zu sehen, wie der Schwanz in seinen Arsch gleitet, wie Paul zuckt und sich vor Lust windet, macht mich noch geiler. Das Spiel dauert lange, ich lasse Ihn nicht zum Orgasmus kommen. Mit Stiefeln und Lederhose bekleidet knie ich über Ihm, binde meinen Schwanz in eine Lederhülle. Paul kommt von meinem lederüberzogenen Schwanz nicht mehr los. Ihm tropft der Saft vom Ständer. Ich wichse, mein Sperma spritzt Paul ins Gesicht, Er stöhnt dumpf mit dem Knebel im Mund. Dann platzt es aus Ihm heraus, Sein Körper zuckt.

Nach dem Orgasmus wollen wir sofort losfahren. Wir fahren Richtung Hamburg. Abends lerne ich Heino kennen. Er weiß sicherlich vieles über Paul und mich. Ich bin etwas unsicher, wenn Heino mich anguckt, will wissen, was er über mich denkt. Freue mich darauf, auf der Rückfahrt von Dänemark länger in Hamburg zu bleiben. Ich bin gespannt.

07-01-84: Leon

Nach langer Fahrt und Suche sind wir endlich am Haus in Dänemark angekommen. Wir sind schon im Bett, als Paul einfällt, daß Er mich noch für meine Nachlässigkeit beim Schreiben bestrafen will. Ich hab wieder Angst, drücke mich an Ihn, versuche, Ihn durch Streicheln und Küssen von seinem Vorhaben abzubringen. Es nützt alles nichts. Ich muß, nur mit der Lederjacke und den Stiefeln bekleidet, mit Ihm in die kalte Nacht hinausgehen. Er kettet mich vor dem Haus an. Ich spüre nur noch die Angst in mir, sie verdrängt alle Gefühle, nicht mal die Liebe zu Paul kann ich noch spüren. Der erste Schlag. Ich hänge schon in den Ketten, weiß nicht, wie ich zwölf davon überstehen soll. Winde mich, bitte Paul aufzuhören. Er schlägt weiter, droht mir, von vorne anzufangen, wenn ich Ihm den Arsch nicht richtig hinhalte. Die Tränen laufen mir übers Gesicht, das zweite Mal schon, daß ich bei Paul geweint habe. Ich kann wieder flennen. Nach der Tortur drücke ich mich an Ihn, wir legen uns wieder ins Bett. Drücke Paul den Gummischwanz in den Arsch. Er schiebt mir einen Finger ins Loch, einen zweiten. Ich habe das Verlangen, seine ganze Faust im Arsch zu spüren. Paul bekommt seine halbe Hand in mein Loch, geil, das schmatzende Geräusch meines Darms zu hören. Ich bin fast enttäuscht, als Er seine Hand zurückzieht. Irgendwann einmal möchte ich sie ganz in mir spüren. Ich hoffe, Paul gibt mir den Mut dazu.

08-01-84: Leon

Im Moment fällt es mir sehr schwer, regelmäßig ins Buch zu schreiben. Die Probleme nehmen mir jede Lust, jede Kraft, mich an den Tag zu erinnern. Bei der heutigen Aussprache wird uns klar, daß aus unserer Wohngemeinschaft nichts wird. Irgendwie ist mir nicht so ganz wohl dabei, mit Paul allein in eine Wohnung zu ziehen. Ich weiß nicht, ob es daran liegt, daß ich mir über ein Wohnen zu zweit keine Gedanken gemacht habe, oder weil mir die anderen abgehen werden. So plötzlich bleiben Paul und ich allein. Ich will mit Paul irgend etwas Großes machen, vielleicht kommt bei dieser Beziehung ja etwas Großes raus, nicht nur für uns beide.

Völlig besoffen lege ich mich ins Bett zu Paul, der bereits schläft. Ich drücke mich von hinten an Seinen heißen Körper. Er umarmt mich, dreht sich zu mir. Diese Nacht stecke ich Paul zum ersten Mal richtig meinen Schwanz in den Arsch, ein tolles Gefühl, ein Stück von mir in Seinem Körper zu haben. Ich ziehe Paul die Dildohose an, Er platzt fast vor Geilheit.

09-01-84: Leon

Paul erzählt mir heute morgen, daß ich in der vergangenen Nacht ziemlich wild gewesen bin. Ich habe mich selbst gewichst, als Er mit der Dildohose vor mir lag. Ich kann mich nicht mehr daran erinnern. Vierzehn Schläge! Kaum habe ich die letzten ausgestanden, bekomme ich schon wieder neue angedroht. Wir verbringen fast den ganzen Tag im Bett.

Ich freue mich auf die schönen Dinge, die wir in Hamburg machen werden. Paul hat heute das Geschirr an mir ausprobiert. Ein tolles Gefühl, so eingeschnürt zu sein. Vor dem Einschlafen kettet Paul mich an sich. Ich bin mit Händen, Füßen und Hals an Ihn gebunden und werde sofort geil. Ich liebe es, ganz nah bei Ihm zu schlafen, deshalb bin ich auch schnell weg. Paul weckt mich, als Er sich loskettet, Er hält die Stellung nicht durch.

Paul

Wunschzettel für Hamburg:
Leon (m):
▷ Lederjacke aussuchen
▷ Lederhose nähen lassen
▷ neue Lederhose aussuchen
▷ Overall kaufen
▷ dünne Lederhandschuhe kaufen
▷ KY kaufen
▷ Lederkneipe besuchen
▷ Lederslip kaufen

Paul (S)
▷ Lederhose ändern
▷ großen Dildo kaufen
▷ Dieter im Männerschwarm (Buchhandlung) besuchen
▷ mit Heino essen gehen
▷ Gummioverall kaufen
▷ Hafenrundfahrt
▷ einen Tag in Leder mit der Tageskarte rumfahren

10-01-84: Leon

Paul hat recht, wenn Er sagt, daß ich jetzt ganz anders schreibe als in meinen ersten Aufzeichnungen, viel ungeiler. Das liegt an meiner neuen Verfassung, der Situation der letzten Tage. Sex mit Paul macht natürlich genauso viel Spaß wie am Anfang, Er hat anscheinend eine unerschöpfliche Phantasie, doch ich kann im Moment nicht so viel darüber schreiben.

Heute machten wir einen Ausflug in die Stadt. Paul hat mir für den Ausflug das Geschirr angelegt. Ständig spüre ich den Druck der Lederbänder, spüre die Klammer an meinem Schwanz und Sack, spüre Paul, seine Hände die ganze Zeit an mir. Wieder im Haus, ist Paul so geil, daß ich Ihm sofort einen runterhole. Wenig später in der Sauna ist Er schon wieder geil. Ein irres Gefühl, in der heißen Luft, in Schweiß einander zu massieren, der Schweiß läuft in Strömen vom Wichsen und Schwitzen, die Schwänze flutschig, Pauls Vorhaut ganz elastisch. Es platzt aus Ihm heraus, Sperma und Schweiß vermischen sich auf seinem Bauch, und ich spritze Ihm mit seiner Erlaubnis meine Wichse dazu.

Kurz vor dem Einschlafen bindet mich Paul in die Ledermaske. Mit Widerwillen unterwerfe ich mich. Wenn meine Nerven so angekratzt sind wie heute, fällt es mir besonders schwer, in einer unbequemen Lage zu schlafen, außerdem bin ich sehr müde. Ich glaube, ein paar Stunden ging es mit der Maske gut. Mich kitzelten die Barthaare, ich spürte jede Haarwurzel. Ich konnte nicht ungehindert atmen, meine Stirnpartie wurde pelzig. Immer genervter wälzte ich mich im Bett herum. Nicht der Schmerz, den die Maske verursachte, brachte mich so auf, es war das Nichtdulden dieser Belastung. Vor Wut hätte ich beinahe die Maske vom Gesicht gerissen, war unfähig, mich an Paul zu drücken, Sein Streicheln zu ertragen. Ich glaube, Er hat meine Wut gespürt, und nahm mir das Leder vom Gesicht. Erschöpft schlafe ich sofort ein.

11-01-84: Leon

Paul erzählt mir nach dem Aufwachen, daß ich mich die ganze Nacht über mit dem ganzen Körper aufgelehnt habe, mich standig gegen Ihn, gegen meine Situation wehrte. Er war sauer, daß ich nicht die ganze Nacht durchhielt, und meinte, wir müssen das noch trainieren. Jetzt muß ich jede Nacht die Maske tragen, so lange, bis ich eine Nacht durchhalte. Ich habe Angst vor der Tortur, es ist fürchterlich, durch diese Ledermaske vom Schlaf abgehalten zu werden. Ich projiziere den Nerv, den mir meine Lage verschafft, auf Paul, der ruhig neben mir liest. Wenn Er dann beschwichtigende Worte flüstert, könnte ich Ihn in der Luft zerreißen.

Paul läßt mich bis Mitternacht nicht spritzen, tut aber alles, um mich auf Touren zu halten. Ich brauche Ihm nur in seine lieben Augen zu sehen, über seine behaarte Brust zu streicheln, höre Ihn atmen, schon bin ich fast am Explodieren. Ihn scheint meine Lage so aufzugeilen, daß Er heute schon dreimal abgespritzt hat. Ich sehne mich danach, Ihn zu bumsen, seine Finger, seine Hände in meinem Arsch zu fühlen, sehne mich nach seiner Hand, die mit meinem Schwanz spielt, will in seinen Armen abspritzen.

Widerwillig stülpe ich mir das Leder wieder über den Kopf, alles Jammern nützt nichts, Paul ist nicht zu erweichen. Doch heute nacht bin ich entspannter, gehe gelassener der Nacht entgegen. Ich verschließe die Maske selbst und bin schnell eingeschlafen. Das Fürchterliche ist, daß man in diesem Dunkel jedes Gefühl für die Zeit verliert. Irgendwann wache ich auf, weiß nicht, wie lange ich schon geschlafen habe. Ständige Alpdrücke hindern mich an einem erneuten längeren Schlaf. Endlich befreit mich Paul vom Leder, es ist bereits morgens. Glücklich darüber, die ganze Nacht mit Maske geschafft zu haben, schlafe ich in Pauls Armen ein.

12-01-84: Leon

Manchmal befürchte ich, Paul ist zu schwach, zu nachgiebig, um mein Meister zu sein. Doch ich denke, daß ich den Weg, den Er nimmt, um mich zu formen, nicht kenne. Ich freue mich auf die Zeit mit Paul, freue mich auf ein gemeinsames Wohnen. Er ist der erste Mensch, bei dem ich mir vorstellen könnte, eine lange, lange Zeit zu bleiben. Bisher verschwieg ich Ihm diese Gedanken, weil ich Angst habe, uns beiden etwas vorzumachen, was ich dann doch nicht halte. Fest steht, daß Paul ganz tief in mir sitzt wie nie ein Mensch zuvor. Sollte unsere Freundschaft in der jetzigen Form einmal zu Ende gehen, will ich unbedingt weiter bei Paul leben, mit Ihm leben.

Paul

Mit der gestrigen Diskussion über das «zu schwach» war und bin ich nicht einverstanden. Du konntest kein Beispiel finden und hast einfach weitergelesen. Diese Diskussion finde ich sehr wichtig, gerade weil sie von dir ausgeht. Ich will hier ein paar Gedanken dazu ausbreiten und erwarte eine Antwort von dir am 12-1-84.

Es ist schwer und schön zugleich, eine Brücke zwischen der Liebe und der Unterdrückung zu bauen. Aber nicht immer drückt sich die tiefe Liebe zu dir in Unterdrückung aus und in Sex mit Spielzeug. Manchmal will ich dich einfach streicheln, mit dir raufen oder mich von dir mit Massageöl oder mit Spielsachen verwöhnen lassen. Das ist dann nach meiner Meinung keine Schwäche, sondern Ausdruck meiner Lust. Es ändert auch nichts Grundsätzliches an dem SM-Verhältnis. Im Moment sind die Rollen klar.

Meiner Meinung nach mußt du, bevor ich meine Rolle steigere, viel konsequenter die Sachen durchführen, die ich dir auferlegt habe. Gestern habe ich bewußt zweimal «übersehen», daß du deinen Schwanz berührt hast. Auch heute morgen, eben gerade, hast du wieder nicht gefragt, ob du den Schwanz zum Eincremen mit Gleitcreme (beziehungsweise zum Einführen in meinen Arsch) berühren darfst. So geht es nicht, ich kann dich doch nicht dauernd «gerten». Auch Aufgaben wie «meinen Schwanz morgens begrüßen» oder «angelegte Spielsachen nicht entfernen oder ausziehen» hast du nicht konsequent genug befolgt. Da fehlt dir noch ein gewisser Ernst.

Mit Unterwürfigkeit, die von dir ausgeht und die sich in Formen, Redensarten und Körperhaltung ausdrücken muß, kannst du das MS-Verhältnis praktisch ausleben. Ich meine auch, masos sollen und können ihre Rolle steigern und den S-Meister anregen, seinerseits die Sache zu intensivieren und zu verfeinern. Beispiele gibt es genug: höflicher und mit Titel anreden, Füße, Schwanz und Arsch des Meisters lecken und küssen, Stiefel zur Begrüßung küssen, öfter auf Knien die Unterwürfigkeit ausdrükken, und so weiter.

Du mußt deine Phantasie entwickeln. Dies ist eine Beziehung auf Gegenseitigkeit, bei der Liebe als auch beim SM. Unser MS-Verhältnis drückt sich auch durch dein Bemühen um das Wohlergehen und die sexuelle Befriedigung des Meisters aus. Also arbeite daran mit und ermögliche mir somit eine Steigerung, dann wirst du keine Schwäche spüren.

Wenn du hierzu Stellung genommen hast, auch mit konkreten neuen Ideen, die du aufschreiben sollst, dann erstelle eine Liste mit den Sachen (Verordnungen), die wir bisher festgelegt haben.

Leon

Ich glaube, daß ich mit Deiner Schwäche tatsächlich meine angesprochen habe. Meine Schwäche insofern, als ich nicht mit dem nötigen Ernst bei der Sache bin und dann enttäuscht bin, wenn sich aus der erträumten Unterwürfigkeit und aus Deiner Stellung als S etwas «Schwaches» entwickelt. Ich hab es mir bisher so bequem gemacht, einfach zu sagen, Du bist der Meister, von Dir muß alles ausgehen, war dann von Dir enttäuscht, weil ich mich nicht unterwerfe. So, wie ich mir das vorgestellt hatte, hättest Du mich eigentlich ständig schlagen müssen, um mir zu zeigen, welchen Respekt ich haben muß. Das kannst Du nicht, das will ich auch nicht. Ich will versuchen, meine Unterwerfung im Kopf klarzukriegen, um meinen Teil an unserer SM-Beziehung beizutragen.

Vielleicht fiel es mir deshalb so schwer, mich zu unterwerfen, weil aus unseren SM-Spielereien Liebe wurde. SM-Spielereien sind eben keine SM-Beziehung mit all ihren Konsequenzen auch für mich. Noch mal: Ich will versuchen, meine Unterwürfigkeit in den Kopf zu kriegen. Ich sehe mich als einen Dir Unterstellten an. Eine Beziehung aus Liebe und SM wird immer ein Seiltanz sein.

Daß ich mir zum Eincremen und Einführen in Dein Arschloch an den Schwanz gefaßt habe, war kein Ungehorsam, ich wollte Dich nur nicht in deiner Konzentration stören.

Ich werde Dich ab sofort verwöhnen, wie Du es gerne möchtest, versuchen, Dich immer glücklich zu machen. Ich werde mich bewußt zurückstellen. Hab ein wenig Nachsicht, wenn ich noch nicht so weit gehen kann, wie Du es möchtest (bei Spielsachen, bei der Anrede etc.). Hilf mir bitte, daß ich Dir ein williger Untergebener bin.

Liste:

▷ meinem Meister beim Aufstehen den Schwanz, Arschloch und Füße küssen
▷ mir nicht an den Schwanz oder Sack fassen
▷ die Gerte nur noch mit dem Mund packen (ebenso die Peitsche)
▷ keine Unterhosen tragen, außer lederne
▷ den Meister nach dem Spritzen sauberlecken
▷ angezogene SM-Sachen nicht allein ausziehen oder verändern
▷ jeden Tag in Pauls Buch schreiben
▷ möglichst nur Leder tragen

13-01-84: Leon

Am frühen Morgen weckt mich Paul. Er ist härter zu mir, das heißt, Er diktiert mir offen, was Er gerade möchte. Er legt mir ein Lederband um den Hals und Handschellen an. Ich kriege die Dildohose angezogen. Mein Pimmel preßt sich aus dem Loch im Leder Paul entgegen. Er ist fickgeil. Sein Arsch ist so offen, daß ich kaum einen Widerstand spüre, als ich in das Loch eindringe. Ich hab nicht das Gefühl, über Ihm zu stehen, im Gegenteil, mit den Fesseln an den Händen auf seinen Rücken gestützt, diene ich Ihm in seiner Geilheit, will meinen Meister dieses schöne Gefühl eines Schwanzes spüren lassen. Ich kriege eine Gänsehaut, ein Stück von meinem Körper steckt in Ihm, mein Schwanz wird von warmem, weichem Fleisch umschlossen, trotzdem spritze ich nicht ab. Pauls Orgasmus ist mein Höhepunkt, mein Abspritzen nur ein Akt, Ihn zu reizen. Der Gummischwanz in meinem Arsch schmerzt, Paul kommt sich vielleicht verscheißert vor, als ich Ihn bitte, das Ding aus meinem Loch zu ziehen. Jedenfalls ist Paul ungehalten, weil ich es heute nicht länger mit der Hose aushalte.

Der letzte Tag in Dänemark, zu Hause beginnt ein neuer Abschnitt in meinem Leben, ein anderer, als ich mir erhofft habe, doch mit Paul kann er auf keinen Fall schlechter werden.

14-01-84: Leon

Zuerst den Abend, weil es noch ganz frisch ist: Wir sind in Hamburg angekommen. Nach kurzer Begrüßung ließ uns Heino allein. Paul war schon auf der Fahrt unheimlich liebebedürftig. Nicht lange, dann liegen wir nackt auf dem Wohnzimmerboden. Er ist kurz vor dem Orgasmus, jede Berührung verursacht bei Ihm ekstatische Zuckungen, Er stöhnt bei fast jeder meiner Bewegungen. Schaut mich mit glasigen Augen an und zählt auf, welche Spielzeuge ich Ihm aus dem Schlafzimmer bringen soll, unter anderem auch die Gerte. Die hatte ich fast ganz vergessen, es sind ja noch etliche Schläge übrig. Vierzehn Stück, eine beträchtliche Zahl, wenn ich daran denke, daß drei oder fünf mir schon reichen. Mit meiner Geilheit war's dann auch schon vorbei. Trotz Pauls Bemühungen ist bei mir nichts mehr aufzurichten. Mir steckt nicht nur der Knebel im Mund, sondern die pure Angst. Hände und Füße gefesselt, liege ich über Heinos Wohnzimmertisch. Das Schlimmste an den Schlägen ist, daß mir Paul vor Beginn ein Handtuch über den Kopf wirft. Ich weiß nicht genau, warum. Soll ich Ihn nicht ansehen, oder will Er meinen Anblick nicht? Ich glaube, Paul machen die Schläge mehr zu schaffen als mir, es dauert nach der Tortur sehr lange, bis Er wieder eine Erektion hat. Ich streichle seinen Körper, drücke mich an Ihn, befühle Sein Gesicht durch die Meistermaske, Paul wird wieder geil und spritzt eine Riesenladung in meinen Mund.

Paul braucht nicht nur einen masochisten beim Sex, sondern auch jemanden, der Ihn dabei liebt und den Er liebt. Ich brauche Paul und Er mich! Jetzt ist Er ganz besorgt um mein Wohlergehen. Das zu heute abend.

Heute morgen sah vieles anders aus. Ich war nach dem Aufstehen so genervt, daß ich einen Bock nach dem anderen baute. Ich packte die Peitsche und die Gerte aus Unachtsamkeit mit den Händen an, weigerte mich, die Dildohose während der Fahrt anzuziehen. Das hat Paul enttäuscht. Stumm fuhren wir beide Richtung Hamburg. Ich ärgere mich über den Mist, den ich heute morgen gemacht habe, zumal ich mir ja vor zwei Tagen vorgenommen hatte, Ihm zu gehorchen. Irgendwann war Paul wieder für mich zugänglich. Wir fuhren auf einen Parkplatz, und Er zog mir die Hose mit dem Dildo an. Es tat irrsinnig weh, mit meinem Arsch stimmt was nicht. In einer größeren Stadt gingen wir einkaufen. Paul hatte mir meinen Mantel nur über die Schulter gehängt und mir die Hände mit Handschellen auf den Rücken gebunden. Eine tolle Idee, so mit Ihm einkaufen zu gehen. Doch die

Schmerzen im Arsch ließen mich fast wortlos hinter Paul hertappsen, froh um jeden Schritt, den ich nicht zu machen brauchte. Er erlaubte mir später im Auto, das Ding auszuziehen. Die Fahrt nach Hamburg war dann sehr schön.

Ich bin betroffen über meine Unfähigkeit, auf Pauls aufgewühlte Gefühle richtig einzugehen, ja, sie überhaupt erst zu erkennen. Auf der Fahrt zu einer Lederkneipe erzählt Er mir von seinen Gedanken, nachdem Er mich geschlagen hatte und ich heulend in seinen Armen lag. Ich Dussel komme Ihm dann mit einer gewollten «Grundsatzdiskussion» über die Schwierigkeit, Sex vom Alltag zu trennen. Er ist von mir enttäuscht. Ich hab mich bequem aufs Sofa gelegt und Ihn mit seinen Problemen am Boden liegen lassen. Ich hab Ihn nicht einmal dazu animiert, in die Kneipe zu fahren. Der eigenständige Mensch, den Er braucht, hat Ihn schlaff und willenlos sitzenlassen.

Trotzdem ist es schön, von Paul zu hören, daß Er mich als «eigenen Kopf» braucht. In der Kneipe fühle ich mich fürchterlich mies. Ich hätte Paul bei den Problemen leicht helfen können. Nach einigen Bieren geht es mir besser. Zu dritt im Bett quatschen wir noch lange. Es ist sehr angenehm, zwei Männer bei sich zu spüren, ein schönes Gefühl, Heinos Kopf im Arm zu haben. Paul animiert mich dazu, Heinos Schwanz zu massieren, Er wichst mich gleichzeitig, doch es läuft nichts mehr, wir schlafen bald ein.

15-01-84: Leon

Heino ist ein ganz lieber Mensch. Er saust morgens schon rum, macht Frühstück und achtet darauf, daß uns ja nichts abgeht. Die beiden suchen für mich ein paar Sachen aus, die ich heute tragen soll. Sie legen mir das Geschirr an, und Heino bringt ein Gerät für meinen Schwanz: Etliche Metallringe, gehalten von einem Lederband, umhüllen jetzt meinen Schwanz. Die Brustwarzenklammern von Heino brennen höllisch. Ich halte es kaum bis zum Kaffee aus, und Paul macht sie mir ab. Unter diesen Schmerzen wäre ich nicht in der Lage gewesen, den Tag zu genießen, geschweige denn Diskussionen über SM zu führen.

Nach dem Kaffeetrinken gehen wir zu einer Diskussionsveranstaltung mit anderen Schwulen über SM und Leder. Mir wird klar, daß ich eigentlich niemanden habe, mit dem ich über meine Ambitionen reden kann, daß ich nicht einmal die Möglichkeit habe, mein Glücklichsein jemandem mitzuteilen. Ich habe ein starkes Bedürfnis, wenigstens meine Liebe zu Paul jemandem zu erzählen.

Ich fühle mich nach diesem Tag sehr, sehr wohl, in mir spüre ich ganz warm die Liebe zu Paul, ich bin ausgeglichen und ruhig. Als ich mit Paul und Heino ins Bett gehen will, verbocke ich schon wieder eins der Gebote, die Paul aufgestellt hat. Ich will die Brustwarzenklammern, die Paul mir um den Hals gelegt hat, ablegen. Er fragt mich ganz erstaunt, was ich da tue, warum ich mich ausziehe. Also lege ich mich in Montur zu den beiden ins Bett. Heino ist schon eingeschlafen, er muß morgen um vier Uhr aufstehen. Paul macht mein Geschirr an, Er wird geil. Auch ich möchte mit Ihm jetzt was machen, doch die Tatsache, daß Heino neben mir schläft und ich ihn nicht wecken will, hindert mich daran, mich auf Paul zu konzentrieren. Wir schlafen beide ein.

16-01-84: Leon

Wir fahren den ganzen Tag durch Hamburg. Ich suche eine Lederjacke für mich. Nach nervigem Suchen hab ich endlich das Richtige gefunden, außerdem einen tollen Lederslip mit durchgehendem Reißverschluß. Im Sex-Shop kaufen wir Brustwarzenklammern, die mit einer Kette verbunden sind, sie gefallen uns sehr gut. Aus dem Dildo mit eingebautem Vibrator wird leider im Moment nichts, das einzige Ding, das wir bekommen konnten, ist kaputt. Nach kurzer Begrüßung unserer neuen Schlafplatzgeber verziehen wir uns ins Bett. Ich bin vom Lederslip, den ich im Geschäft gleich anbehalten habe, geil geworden. Paul hat sich fast denselben gekauft, es macht mich an, seinen Schwanz aus dem Leder herausragen zu sehen, der Geruch von seinem Schwanz und der des Leders vermischen sich. Paul massiert mein Arschloch, und ich bin so entspannt, daß Er mir hineinspucken kann, ohne es auseinanderziehen zu müssen. Er zieht mir die Dildohose an, auch Er ist fickgeil. Ich bohre meine Zunge in Sein Arschloch, das Er mir entgegenreckt. Paul entspannt sich auch. Mein Schwanz schiebt sich ganz von selbst in Pauls Darm. Bis zum Anschlag steckt er zwischen seinen Arschbacken. Paul fordert mehr. Ich werde immer heftiger, mein Schwanz flutscht in seinem Arsch hin und her. Als Paul mir Sein Becken noch entgegenstößt, spritze ich in seinem Arsch ab. Paul macht es genauso viel Spaß wie mir. Daß ich abspritze, bringt Ihn noch mehr auf Touren. Er dreht sich auf den Rücken, neben Ihm kniend wichse ich seinen Schwanz, bis auch Er sich ergießt. Pauls Schwanz und Bauch werden von mir saubergeleckt.

Liste ergänzt:
▷ meinem Meister beim Aufstehen den Schwanz, Arschloch und Füße küssen
▷ mir nicht an den Schwanz oder Sack fassen
▷ die Gerte nur noch mit dem Mund packen (ebenso die Peitsche)
▷ keine Unterhosen tragen, außer lederne
▷ den Meister nach dem Spritzen sauberlecken
▷ angezogene SM-Sachen nicht allein ausziehen oder verändern
▷ jeden Tag in Pauls Buch schreiben
▷ möglichst nur Leder tragen
▷ mich bei meinem Meister sofort entschuldigen, wenn ich etwas falsch gemacht habe

▷ meine eigene Wichse ablecken
▷ wenn mir mein Meister Schläge verabreicht, laut mitzählen

17-01-84: Leon

Als ich damals in «Cool» die Gebote für ein SM-Leben las, mußte ich lachen. Ich fand sie kindisch und absurd. Jetzt reihe ich selbst die Verordnungen, die Paul mir auferlegt, aneinander. Doch sie sind alles andere als verrückt. Wir führen eine feste, tiefe SM-Beziehung, für die ich als maso einige Verhaltensmaßregeln brauche, um einerseits nicht ausschließlich von den Launen Pauls «abhängig» zu sein und mich andererseits zu dem entwickeln zu können, was ich mir unter einem maso vorstelle. Immer wieder stoße ich an die Grenzen meiner Bereitschaft zu gehorchen. Das Schlimme daran ist, daß diese Grenzen bei mir nicht festliegen, sondern je nach Laune sich gegen Pauls Gebote stellen oder ganz weit zurückweichen. Heute war ich nicht mal in der Lage, Paul auf der Straße ein paar Verordnungen aufzuzählen, nur weil Paul noch im Auto saß und ich die Situation so blöd fand. Ich weigerte mich einfach, Seinem Befehl zu gehorchen. Hinterher wurde mir erst bewußt, welcher Rückschlag dies war, denn ich will bei Paul ja parieren. Ich werde geil, wenn ich so manchen Befehl von Ihm höre. Wie verschieden meine Hemmschwelle ist, merke ich daran, daß ich zum Beispiel auf Pauls heutige Anordnung in einem Café, ich soll mir – ohne großen Grund – im Klo einen runterwichsen, sofort reagiere. Schwitzend und völlig kaputt, aber die Aufgabe vollbracht habend, tauche ich nach einer halben Stunde wieder an unserem Tisch auf.

Wir diskutieren über meine Schwächen und Aufgaben in unserer Beziehung, auch über seine Schwächen (zum Beispiel wollte Er mich nach meiner Verweigerung, Ihm die Verordnungen aufzulisten, mit der Gerte verprügeln, machte es aber nicht aus Scham vor dem Publikum). Ich muß mir immer vor Augen halten, daß der Balanceakt zwischen Sex und Leben, zwischen Eigenständigkeit und Unterwerfung eine nervenaufreibende (nervenaufbauende!?) Sache ist. Vor allem kommt man nicht irgendwann einmal zu einem befriedigenden Ende, der Kampf findet stündlich immer wieder statt und bringt immer neue Auseinandersetzungen. Wir werden noch viel Zeit brauchen, bis wir dieses Problem meiner Unterwerfung in Selbständigkeit und Pauls Dominanz in Gleichberechtigung eingespielt haben.

Ich habe heute noch Piercingringe für Pauls Sack und meinen Schwanz gekauft. Paul war nicht zu überreden, daß ich den Ring auch in den Sack bekomme, also wird er Donnerstag zwischen Eichel und Schwanz in das Häutchen gestochen. Das Brustwarzenpiercing heute war viel einfacher, als ich erwartet hatte. Der Typ ist sehr nett. Nach einer Lokalbetäubung spürte ich überhaupt keine Schmerzen beim Setzen der Ringe, auch jetzt tut es nicht mehr weh. Dieser Ring ist nach außen hin ein sichtbares Zeichen unserer Freundschaft, innerlich war es eine Überwindung, die ich nur durch meine starke Liebe zu Paul geschafft habe. Dieser Eingriff wird mich mein ganzes Leben an Paul erinnern.

Jetzt sitzt Paul bei Thomas.

Ich habe mir das Lederhalsband angelegt und mich am Fußende des Betts auf den Boden gelegt. Irgendwann wache ich auf, Paul steht vor mir. Er redet über den Abend, doch leider bin ich zu verschlafen und bekomme wenig von Seinen Erzählungen mit. Ich glaube, ich habe Ihm noch einen gewichst. Er sagte, mein Platz sei zwar an seinen Füßen, doch dürfe ich heute bei Ihm schlafen.

18-01-84: Leon

Schönes Frühstück mit Heino, Hafenrundfahrt, Museum, New Man (Sex-Shop). Im New Man befiehlt mir Paul, in den Keller zu gehen und einen Mann anzumachen. Für mich eine fürchterliche

Situation, in dieser angenehmen Subkultur mit einem Mann sexuell zu werden, von dem ich nichts will, außer ihn irgendwann zum Orgasmus zu bringen. Mein Meister befiehlt mir, dies zu tun, der Mann, den ich liebe, der sagt, daß Er mich liebt, schickt mich los, einen anderen zu befriedigen, und ich tue es.

Runter in den Keller, der Typ, mit dem ich es machen werde, ist mir egal. Hoffentlich kann ich einen anmachen, der nicht allzu eklig ist. Alles steht im Gang herum, von dem die Kabinen abgehen, sie starren auf das Sexvideo. Gierige Blicke, die mich treffen, mir wird kalt vor Abscheu. Ein Typ steht an der Ecke, fixiert mich ständig, massiert seinen Schwanz durch die Hose, ich schaue schnell wieder auf das Video. Bekomme Herzklopfen, habe Angst, den Speichel runterzuschlucken, der mir im Mund zusammenläuft, weil er es sehen könnte. Ich überlege kurz. Paul hat mir die Anmache befohlen, und ganz so eklig wie die anderen Männer hier sieht er nicht aus. Eine solche Chance sollte ich mir nicht entgehen lassen. Ich erwidere seinen Blick, er geht zur Kabine, ich hinterher. Zigarette an, Tür zu und absperren. Ich stelle mich hinter ihn und hole seinen steifen Schwanz aus der Hose, ziehe seine Jacke aus und wichse ihn. Er greift mir an den Arsch, will mir an den Schwanz, ich schiebe seine Hand zurück. Er fängt wieder an, an meinem Reißverschluß zu fummeln, ich erkläre ihm, mein Freund erlaubt nicht, daß irgend jemand anderes meinen Schwanz anfaßt. Total geschockt dreht sich der Typ um, er kapiert nicht. Er kann anscheinend nicht glauben, daß es mein Ernst war, und will wieder meinen Schwanz anfassen. Ich habe Mühe, ihn davon abzuhalten. Erkläre ihm meine SM-Beziehung, er hat zwar nicht verstanden, läßt aber meine Hose zufrieden. Er stößt mir seinen Schwanz heftig in den Schlund, während er mir den Kopf festhält. Ich muß mich fast übergeben, sein Ständer ist zu lang für meinen Mund, doch er spritzt ab. Paul und Heino warten schon vor der Kabine auf mich.

Ich bin den ganzen restlichen Tag nicht mehr aufnahmefähig,

weder für meine Umwelt noch für Paul. Ich denke nach und grübele, warum ich auch für Paul nicht zugänglich bin. In der Kneipe wird mir dann klar, daß die Hemmschwelle, die Befehle von Paul auszuführen, erheblich gesunken ist, doch diese Widerstandslosigkeit zehrt an der Liebe zu Paul. Ich spüre plötzlich von Paul keine Liebe mehr. Meine zu Ihm kann ich zwar noch genauso fühlen, aber sie kommt nicht mehr durch. Ich will mit Ihm darüber reden, der Nerv mit Heino verhindert das aber. Paul will im Bett sofort die neue Gummimaske an mir ausprobieren. Als ich sie ein bißchen zurechtrücken will, damit sie besser sitzt, haut mir Paul auf die Finger. Ein fürchterlicher Schreck, und ich bin zu, total eingemauert gegenüber irgendwelchen Empfindungen, egal, ob von mir oder von Pauls Seite. Ich arbeite wie eine Maschine, gefühllos, kalt, nur darauf bedacht, die Sache zu vollenden, die Sache, Paul einen zu wichsen. Er schnürt mir den Hals mit dem Lederband zu, setzt die Brustwarzenklammern an meinen Schwanz und an die Brust. Meine Brustwarze schmerzt höllisch, Paul hat die Klammer ohne Gummiüberzug angesetzt. Doch die Schmerzen wollen nicht aus mir raus, Paul hätte mich bis aufs Blut quälen können, ich hätte keinen Laut von mir gegeben. Eine Maschine braucht das nicht! Er spritzt ab. Brav warte ich, bis Er mir die Maske abnimmt und ich Sein Sperma ablecken kann. Die Maschine rollt sich befehlsgemäß am Fußende des Betts zusammen, küßt die Füße und unterwirft sich ihrem Meister.

Auf dem Fußboden zusammengekauert, kommen langsam wieder Gefühle in mir hoch. Das Vorhaben, die nächsten Tage hier nicht aufzuschreiben, verliert sich. Wir müssen einen Weg finden, damit Paul meine Liebe zu Ihm nicht zerreißt. Vielleicht sind wir zu schnell, stürmen in unserer SM-Beziehung zu gewaltig voran. Ich bin noch nicht soweit, daß ich auf alle direkt gezeigte Liebe von Paul verzichten kann, ich kann die Liebe noch nicht nur in der Unterdrückung sehen, die Er mir gibt. Im Moment brauche ich noch beides, seine Liebe durch offene Zärtlichkeit und seine Liebe durch die Prüfungen, Aufgaben und Unterdrückungen. Im Moment tut mir das Herz weh, muß aufhören.

19-01-84, in der Küche, 5 Uhr früh: Paul

An den maso, meinen Liebsten.

Ich wollte dir schon gestern nacht schreiben, bin aber vor dem Ende deines Schreibens eingeschlafen. Was ich schreiben wollte, paßt haargenau zu dem, was auf den letzten Seiten steht und dir im Kopf herumgeht.

Bitte bedenke: Ich hab dich lieb, so intensiv lieb wie noch keinen Menschen vorher. Schreib dir das fest in den Kopf, glaube daran und vertraue darauf. Ich brauche einige Zeit, um so tiefe Eingeständnisse zu machen, aber wenn ich so weit bin, wie jetzt, lebe ich voll in dieser Liebe. Wie sonst könnte ich dich schlagen? Wie sonst könnte ich dich zu einem wildfremden Mann schicken, wenn nicht das Vertrauen in diese Liebe so groß wäre? Wenn du mehr öffentliche und körperliche oder verbale Liebesausdrücke und Liebkosungen brauchst, finde ich das toll. Hole sie dir von mir, zu jeder Zeit! Ich werde sie dir fast immer geben. Wie oft habe ich schon gesagt: «Ich bin als Erster im Bett» oder: «Warum küßt du mich so wenig?». Unterwürfigkeit braucht und darf sich nicht in Liebesentzug ausdrücken oder umgekehrt: Öffentliche Liebesbekundungen (blödes Wort) können genau diese Unterwürfigkeit ausdrücken. Aber oft will ich auch nur so schmusen, küssen und anschauen. Tu es, mach es! Wenn ich es nicht will, wirst du es schon sehen.

Zu der Schnelligkeit, mit der wir uns deiner Meinung nach in unser SM stürzen:

Ich meine, es ist im Moment zwar viel, aber nicht zu viel und nicht zu schnell. Ich gehe bewußt vor und mute dir nicht zu viel zu. Die Sache mit dem Schlafen am Fußende habe ich, als du vorgeschlagen hast, es in die Liste aufzunehmen, noch für verfrüht gehalten. Außerdem ging die letzte größere Diskussion auch um die Schwäche, die von deiner Seite aus da ist. Wir sind beide noch am Anfang.

Du bist ein maso, Sklave ist im Moment nicht angebracht, weil dazu mehr gehört, aber ich liebe dich nicht deshalb, sondern ich liebe dich als Menschen, als Persönlichkeit, und dies ermöglicht es mir, SM mit meinem Liebsten zu machen. Wir können nichts anderes tun, um unsere Liebe zu leben und intensiver werden zu lassen, als SM zu vertiefen. Genau das ist der Punkt, den ich bei Thomas an dem Abend herausgefunden habe:

SM ist eine tiefe, intensive Beziehung, tiefer als alle anderen Beziehungen. Nur dadurch ist es möglich, SM zu betreiben. Ich schlage dich, um dir drastisch deutlich zu machen, wie tief ich dich liebe. Ich mache dauernd Proben, wie du dich aus Liebe verhalten wirst, um danach sicher zu sein, wie tief du mich liebst. Umgekehrt genauso, du machst die unmöglichsten Sachen, um mir deine tiefen Gefühle zu zeigen. Sei sicher, ich sehe sie stündlich und bewundere sie und bewundere dich, meinen Liebsten.

Ein zweiter Punkt, den ich mit Thomas diskutiert habe, ist die Fesselung, die unserer Meinung nach äußerer Ausdruck von tiefen, bindenden Gefühlen bei mir ist. Ich möchte dich an mich fesseln im doppelten Sinn, wirklich und gefühlsmäßig.

Ein weiteres interessantes Thema dieses Abends möchte ich dir schildern. Ich habe zwar schon oft daran gedacht, habe dir aber bis jetzt nie davon erzählt. Ich meine, wir sollten keine Geheimnisse haben, darum frage ich dich auch so viel und oft, was du gerade denkst. Also, Thomas fragte mich, was denn wäre, wenn in unserer Beziehung ein Loch entstehen würde. Kein Ende, sondern nur eine Pause, ein Ausgepufftsein. Ich sagte, daß ich mir das im Moment überhaupt nicht denken könne, kam aber dann wieder mal auf den Gedanken, daß ich dich im Moment und auch die nächsten Monate nahezu perfekt «ausbilde». Ich könnte mir vorstellen, daß du dann irgendwann auch die

S-Rolle übernehmen könntest. Denn nur ein ausgebildeter maso kann ein guter Sado werden – das siehst du ja an mir. Ich weiß, wie weit ich gehen kann, weil ich bei jeder Sache, die du machst, sozusagen «mitleide» und auch immer in Gedanken bei dir bin.

So weit das Wichtigste von Thomas, der dich sehr bewundert und dich ganz lieb grüßen läßt. Er meint, das, was wir machen und wie wir es machen (zum Beispiel mit diesem Buch), sei ziemlich einmalig, traumhaft schön, so schön, daß er gar nicht wagt, es für sich selbst vorzustellen. Es ist mir wieder klargeworden, daß man möglichst einen «Fachschwulen» braucht, um reden zu können, reden über unsere Liebe und unsere Sexualität, über unser Leben mit SM.

Zum Schluß noch etwas Unerfreuliches. Ich meine, du solltest dich noch mehr auf deine m-Rolle konzentrieren, gerade im Urlaub:

▷ Du hast noch immer nicht die Liste (auswendig) aufgesagt, ich warte!
▷ Schon wieder hast du angelegte Sachen (Maske) angefaßt, wenn sie unangenehm sitzen oder es nicht mehr auszuhalten ist. Frage untertänigst!
▷ Ich hatte gestern gewünscht, daß du mir tagsüber möglichst in der Öffentlichkeit deine Unterwürfigkeit ausdrücken solltest. Es kam nichts. Nachts am Fußende zu liegen ist nur das gleiche wie einen Tag vorher. Obwohl ich das toll fand, wie du da lagst, als ich von Thomas heimkam – großes Lob!

Ich habe deshalb beschlossen, dich zu bestrafen: vier Schläge, gefesselt.

Übrigens fällt mir ein, die Liste – du hast sie ergänzt, Kompliment – sollte immer leicht zu finden sein. Schreibe sie auf den Deckel des Buchs, innen, hinten. Aber klein, damit viel Platz für Ergänzungen bleibt. Bitte schreib sauberer.

Ich liebe dich unheimlich, gib mir einen Kuß.

Leon

Das zweite Mal Piercing war unangenehmer. Ich spürte zwar nichts von dem eigentlichen Durchstechen, doch das Einstecken der Nadel für die Betäubung war wesentlich schmerzvoller als in der Brust.

Paul holte mich heute morgen irgendwann zu sich ins Bett, nachdem ich die Nacht auf dem Boden verbracht hatte. Ich war unfähig, neben Paul zu schlafen, rollte mich an der äußersten Bettkante zusammen und versuchte so, jeden Körperkontakt mit Ihm zu vermeiden. Ich war enttäuscht, weil Paul auf meine Körpersprache nicht reagierte, und grübelte über unser Verhältnis nach. Nachdem ich gestern ins Buch geschrieben hatte, ging es mir schon wesentlich besser. Ich faßte Mut und konnte schon wieder ein klein wenig meine Liebe zu Paul spüren. Meine Verbitterung über Paul wich, als Er aufstand, sich das Buch nahm und irgendwo in der Wohnung verschwand. Ich nahm an, daß Er bald wiederkommt und sich dann meiner Probleme bewußt ist. Er ließ auf sich warten, und ich schlief ein.

Er weckte mich, war gelöst, drückte mich an sich und sagte, daß ich das Buch lesen soll, dann würde es mir besser gehen. Als ich las, war ich enttäuscht von dem, was Er geschrieben hatte, nicht zufrieden mit seinen Erläuterungen. Ich erwartete irgendwelche Entschuldigungen seinerseits und bekam statt dessen Schläge verordnet, also nichts mit Liebe auf dem direkten Weg, so dachte ich. Im Café, in dem wir nach dem Piercing frühstückten, wurde mir dann vieles von dem klar, was Paul gemeint hatte. Ich war von seinen Zeilen nur enttäuscht gewesen, weil ich etwas anders erwartet hatte, etwas, das unserer Beziehung nicht gutgetan und mich auf einen früheren Stand zurückgeworfen hätte. Es ist sehr schön, sich mit Paul über unsere Probleme zu unterhalten. Das Resultat: Ich brenne wieder vor Liebe zu Paul. Beim Wichsen später im Bett wollte sich Paul dafür entschuldigen, daß ich Seine

Liebe nicht mehr gespürt hatte. Dabei liegt es ja nicht an Ihm, daß ich nicht zugänglich war. Es müssen in unserer Beziehung noch viele, viele solcher Gespräche ablaufen. Ich will meine Probleme mit Pauls Verhalten nicht aufstauen, sondern sofort mit Ihm darüber reden, wenn ich etwas nicht verstehe.

Nach einem schönen Abend mit Heino liege ich nun schreibend hier, wir haben uns die Piercinglöcher versorgt, dabei gelacht, Blödsinn gemacht. Jetzt spüre ich durch Pauls Haut die brennende Liebe.

20-01-84: Leon

Heute bestand der ganze Tag nur aus Liebe zu Paul. Ich tat sonst nichts, als Ihn zu lieben. Meine ungewollte Enthaltsamkeit verstärkt meine Gefühle. Paul wollte an dieser Stelle die schönen Worte wiederfinden, die ich Ihm heute sagte. Ich beschrieb Ihm, was mit mir geschehen würde, wenn meine Liebe zu Ihm noch stärker würde. Mein Ich würde sich auflösen und nur noch um Ihn kreisen. Alle Bewegungen, Gedanken und Gefühle hätten ihren Ursprung und ihr Ziel in Pauls Liebe. Ein vollkommener, sich selbst genügender Kreis, dessen «Ende» in der Vereinigung unser beider aufgelöster Ichs liegt. Es wäre eine Stufe, in der der Tod alles Abweisende verloren hätte, ja vielleicht sogar Ziel meines Lebens wäre. Der Tod, die Befreiung von den uns trennenden Körpern, die Möglichkeit, ein einziges zu werden.

21-01-84: Leon

Meine sexuellen Spannungen entluden sich heute mit dem Sperma, das Paul aus mir herauswichste. Doch meine Liebe zu Ihm steckt nicht in diesem weißen Saft, ich kann sie nicht von Pauls Bauch lecken und verdauen. Die Wichse ist ein Ätzmittel, das die Hemmschwelle durchlässig macht, ein Treibgas, das

Worte, Zärtlichkeiten und Gedanken der Liebe aus mir herausdrückt. Doch dies alles sind nur Formen meiner Zuneigung zu meinem Meister. Ich spüre Seinen Arsch an meinen gepreßt, die Wärme, die zueinander fließt, wenn Er neben mir schläft.

22-01-84: Leon

Abreise aus Hamburg. Fahren, fahren, fahren.

Grübele die ganze Fahrt darüber, was uns die Zukunft bringen wird. Die Geschichte mit der WG war ein schöner Traum. Eine Vorstellung, in der ich mich sehr wohl fühlte: endlich eine Form von Wohnen gefunden zu haben, die mir entspricht. So, wie der Haustraum eben doch nur ein Wunsch blieb, wird auch die Vorstellung, mit diesen lieben Menschen zusammenzuwohnen, eine Phantasie bleiben. Diese Gedanken lassen mich nach dem Fehler forschen, den ich begangen habe. Ich komme zu dem Schluß, daß es an der Entscheidung liegt, offen schwul zu leben, nicht irgendwie versteckt in meiner Zweizimmerwohnung. Doch auch an meiner Entscheidung, schwul zu leben, kann ich keinen Fehler finden.

Paul löst seine angekündigten Schläge gleich die erste Nacht ein. Ich spüre, daß Er heute kräftig zuschlägt. Zwei mehr, weil ich nicht mitzähle und immer wieder aus meiner Position rutsche. Den letzten Schlag führte Paul mit der Peitsche. Ich werde den Schlag nie vergessen. Sie drosch auf mich nieder, ich wußte nicht, wo, der Schmerz brannte an jeder Stelle meines Körpers. Mehr als einen Schlag hätte ich nicht vertragen, ich wäre wahrscheinlich in Ohnmacht gefallen. Ein heißes Gefühl durchflutet mich, als ich mich nach den Schlägen an Paul drücke. Ich werde heute nacht nicht bei Paul im Bett schlafen, sondern ans Bett gekettet auf dem Fußboden, nur mit einer Decke zugedeckt. Ich bin stolz, an Pauls Bettende auf dem Fußboden zu schlafen. Will gerne für Ihn, für uns auf dem harten Boden schlafen. Ich habe Wut auf

Paul, weil Er so ohne mich im Arm einfach einschlafen kann, aber dann spüre ich den harten Boden, den Stolz, die Wärme, die mir Seine Liebe bringt.

Kurz vor dem Aufstehen holt mich Paul noch ins Bett.

24-01-84: Leon

Ich merke, daß der Streß im Geschäft sich auf meine Schreiberei auswirkt. Nicht, daß ich weniger Schönes erlebe, aber ich finde nicht mehr die Kraft, es auch einigermaßen gut niederzuschreiben. Heute waren wir bei Ruth und Peter, wir unterhielten uns über die Möglichkeit des Zusammenwohnens. Grundsätzlich würde ich gerne mit den beiden zusammenziehen, wir würden auch bestimmt viele Gemeinsamkeiten haben, doch ich sehe Schwierigkeiten durch unsere Sexualpraktik. Trotzdem wir den beiden ziemlich offen über uns erzählen, befürchte ich, daß sie die Probleme, die auf sie zukommen, nicht erfassen. Theoretisch läßt sich ein solches Problem natürlich viel leichter behandeln, als wenn die beiden miterleben, daß ich gefesselt und geknebelt von Paul ausgepeitscht werde.

Der Abend war sehr angenehm, es bleibt abzuwarten, wie sich unsere Story in ihren Köpfen niederschlägt. Sicherlich werden wir noch öfter darüber sprechen. Zu Hause angekommen, war natürlich auch nichts mit Schlafen. Telefonanrufe, Pauls Buch auf Vordermann bringen. Endlich in Pauls Arm liegen, Seine Brust streicheln, die Wärme spüren und Sein Atmen. Das Heben und Senken Seines Brustkorbs läßt mich in Schlaf fallen. Wie auf Watte versacke ich in die erholsame Ruhe. (Hab die ganze Nacht den Gummischwanz im Arsch.)

26-01-84, im Bett kurz nach Mitternacht, also eigentlich schon der 27.: Paul

Ich bin sehr enttäuscht. Leon schläft und ist frustriert, nichts geschrieben, keine Begrüßung, kein Nachtrag in der Liste, nicht das Bett gemacht. Ich komme mir lächerlich vor, wenn ich daran denke, als Meister zu gelten. Außerdem stehen noch einige andere Sachen aus. (Aufsagen der Liste etc.)

Eine SM-Beziehung ist dies im Moment sicherlich nicht. Ich hatte mir vorhin überlegt, Leon aus dem Bett zu prügeln, hab es aber dann doch gelassen. Er wollte schlafen, aber geht das so einfach? An sich nicht. Ich möchte Leon bis Samstag abend nicht mehr sehen! Er soll sich überlegen, ob und wie er weiterhin seine m-Rolle einnehmen will. So geht es nicht weiter.

27-01-84: Leon

Jetzt geht es mir viel besser. Paul hat gerade angerufen und mich gefragt, warum ich heute «so» die Wohnung verlassen habe. Ich war bis jetzt noch nervlich dermaßen am Ende, daß ich nicht antworten konnte, ohne daß mir die Tränen runterliefen. Doch nun geht's mir wieder gut. Wir haben beim Telefonieren gewichst. Ich war so angespannt, daß ich gleich zweimal hintereinander abgespritzt habe.

Gestern abend war ich an meine Grenzen gestoßen. Ständig Nerv im Geschäft, die ungelöste Wohnungsfrage, die Passivität aller, als wir ausgehen wollten. Am stärksten beschäftigte mich noch der Mist, den ich am Mittag fabriziert habe. Paul hatte vom Bahnhof aus angerufen, Er habe den Zug verpaßt. Nach langem Hin und Her hängte Er einfach auf. Ich Dussel kam einfach nicht auf die Idee, Ihn mit dem Auto abzuholen, dabei hatte ich mich schon so auf den Nachmittag mit Ihm gefreut. Abends lag ich dann einfach in Pauls Bett rum, war hohl, ohne Gefühle. Ich lag vor dem Buch und brachte nichts auf das Papier. Alles erschien mir sinnlos. Ich hatte den Kopf vom gestrigen Tag voll, doch ich sah keinen Sinn, irgend etwas zu schreiben. Einfach liegen und schlafen, an nichts mehr denken, alles vergessen. Paul kam ein paarmal, um mich zu wecken, stellte mich dabei sogar auf die Füße. Ich reagierte nicht. Er ging dann wohl in die Kneipe.

Als Paul ins Bett kam, hätte ich Ihn gebraucht, mich an Ihn kuscheln, in seinen Armen wieder Kraft finden wollen. Doch Er verstand mein Schlafen falsch, als Ungehorsam in unserer Beziehung, meinte, daß ich bequem aus SM ein- und aussteige, gerade, wie es mir paßt. Paul erkannte nicht, daß ich am Ende war. Er wehrte sich im Bett gegen meine Umarmungen, drehte sich um. Ich kroch zu Seinen Füßen und schlief dort ein. Er war enttäuscht von mir, weil ich Ihm, meinem Meister, nicht gehorchte. Er kam sich lächerlich vor. Ich war verzweifelt und unglücklich, daß Paul mich in meiner beschissenen Lage nicht verstand, mich nicht tröstete und mir Seine Liebe nicht zeigte.

Das Aufwachen war nicht weniger schrecklich. Paul dirigierte mich zwar vom Fußende immer wieder an seinen Schwanz, doch als ich mich neben Ihn legte, versagte Er mir jede Liebkosung, jeden Kuß. Ich fragte Ihn, warum Er so kalt zu mir sei, denn ich war mir noch immer nicht bewußt, daß Paul meinen «Nichtgehorsam» als Verweigerung sah. Er sagte kurz, daß ich das wohl wissen müsse, es steht darüber auch etwas von Ihm im Buch.

Ich nahm das Buch und las die Zeilen, die Er geschrieben hatte. Der Treffer saß mitten im Herz, ich fühlte mich unverstanden, dachte, Paul sei unfähig, auf einen «Hilfeschrei» einzugehen. Am stärksten traf mich der Satz, daß Er mich bis Samstag nicht mehr sehen wolle. Unfähig, noch irgend etwas zu sagen, verließ ich die Wohnung. Diese Schläge gehen viel tiefer, als Gerte oder Peitsche jemals gehen können. Ich liebe Paul, will und kann Ihn nicht aufgeben. Und jetzt sticht mir Paul ins Herz. Mir war unklar, ob ich Ihn am Samstag wiedersehen könnte, wie ich Ihm begegnen könnte. Mit Magenkrämpfen und Unverständnis im Kopf verging irgendwie der Vormittag, bis Paul endlich anrief. Ich überlegte kurz, ob ich abnehmen soll, doch ich spüre, es geht mit uns weiter.

Paul verstand gestern abend und heute morgen einfach meine Reaktionen nicht. Er gibt mir wieder Kraft. Er will nur, daß ich mir eine Strafe ausdenke. Jetzt steckt wieder Sinn dahinter, Paul zu gehorchen, unsere SM-Beziehung auszubauen. Ich wollte ja auch nicht aussteigen. Er geht sogar so weit, daß Er mir erlaubt, Ihn Freitag nacht zu besuchen, wenn ich mit dem Buchschreiben fertig bin. Leider macht mir das Auto einen Strich durch die Rechnung. Es springt nicht mehr an.

Auf dem Weg nach Hause spüre ich plötzlich ganz deutlich die Lust, eine SM-Beziehung zu Paul zu haben. In keiner anderen Beziehung kann unsere Zuneigung, die Liebe so stark herauskommen. Es gibt für diese Beziehung keinen Ersatz. Alle sogenannten «normalen» Beziehungen wären ein Abklatsch der Gefühle aus einer SM-Verbindung. Ich überlege mir, daß mich Paul schwer bestrafen wird. Er soll mich mit Gerte und/oder Peitsche verprügeln, mir aber vorher die Anzahl der Schläge nicht sagen. So weiß ich nicht, wann es zu Ende ist. Ich schlafe angekettet vor Seinem Bett, wenn Er es will, oder zu einem Bündel verschnürt neben Ihm, und Er kann sich meiner bedienen, wann Er Lust hat.

Nachtrag vom 25-01-84: Leon

Es wird zwar keine sehr lange Beschreibung des Tags, doch ist er mir so wichtig, daß ich ihn nachtragen werde. Ich hatte nur wegen meiner Mißstimmung nicht in Pauls Buch geschrieben.

Paul sagte zu mir, ich soll Ihm zeigen, was ich bis jetzt von Ihm gelernt habe. Ich war etwas unsicher, meinen Meister in der passiven Rolle zu sehen, aber dann machte es doch Spaß. Ich kettete Paul mit den Füßen am Bett fest. Um seinen Hals legte ich ein

Band, das ich mit einer Kette am Kopfende des Betts verschloß. So konnte Er sich keinen Zentimeter mehr bewegen. Ich spürte, wie Paul geil wurde. Ich fesselte Seine Hände mit Ketten an die Oberschenkel. Das Metall drückte sich in Seine kräftigen Muskeln, zwischen den Ketten der zuckende Schwanz. Ich konnte Paul nicht genug anlegen. Es geilte auch mich wahnsinnig auf, Ihn immer mehr einzuzwängen. Er bekam den Lederknebel zwischen die Zähne, und obwohl Er die Augen schon geschlossen hatte, band ich sie Ihm zu. Vor mir lag nun ein geiler Meister, Sein Schwanz zuckte mir entgegen, der Saft befeuchtete schon Seine Vorhaut. Unfähig, sich selbst zu befriedigen, wurde Er durch die Behinderung noch geiler. Ich konnte mir Pauls Gedanken gut vorstellen. Ich beugte mich über Ihn, wichste nahe an Seinem Gesicht. Es brachte mich fast zum Orgasmus, über Seinem Kopf zu wichsen. Ich ärgerte mich ein wenig, daß ich jetzt nicht mehr an Pauls Arsch herankam, gerne hätte ich Ihm die Finger ins Loch gesteckt oder einen Gummischwanz. Ich versuchte alles mögliche, um Ihn noch geiler zu machen, rieb Seine Eichel mit Pinimenthol ein. Paul stöhnte, als ich Ihm die Salbe langsam in die Vorhaut einmassierte und über die Eichel glitschte. Ich kitzelte Ihn am ganzen Körper, Seine Haut zog sich zusammen, die Haare standen ab. Unfähig, sich zu wehren, mußte Er meine immer heftigeren Wichsbewegungen an Seinem Schwanz gestatten. Ich hatte Ihn so fest angekettet, daß Er nicht einmal Sein Kreuz durchdrücken konnte. Ohne Verkrampfen, ohne sich vor Wollust herumzuwälzen, mußte Er abspritzen. Es schoß ein solcher Spritzer aus Seinem Schwanz, daß Paul bis zu den Schultern naß war. Ich entlud mein Sperma auf Seinen Bauch und leckte dann alles ab.

28-01-84: Leon

Habe mich heute den ganzen Tag auf Paul gefreut. Die Probleme, die ich mit Ihm oder vielmehr mit mir und meiner Sperre bei unserer Sexualität hatte, sind wie weggeblasen. Ich bereue nicht im geringsten meinen Vorschlag, den ich meinem Meister als Strafe ins Buch geschrieben habe. Paul ist mit der Strafe zufrieden, die ich mir ausgedacht habe.

Er ist schnell bei der Sache. Er fesselt mich ans Bett, schiebt mir ein Kissen unter, damit sich mein Arsch schön in die Höhe reckt. Er setzt mir eine Brille auf, mit der ich nichts mehr sehen kann. Ich habe Ihm vorher die Meistermaske angeschnürt und Ihm die Gerte gebracht. Der erste Schlag, ich glaube, ich drehe durch. Paul zieht mir mit voller Kraft die Gerte übern Arsch. Nach ein paar weiteren Schlägen schreie ich so laut, daß mir Paul einen Knebel in den Mund bindet. Panik in mir, ich kann meinen Meister mit dem Knebel im Mund nicht einmal bitten aufzuhören. Meinen Körper habe ich nicht mehr unter Kontrolle, er zuckt unter den Schlägen, ohne daß ich es will. Kein Winden hilft, ich schreie laut vor Schmerzen, doch entgehe ich den Hieben nicht. Paul verdrischt mich in so kurzen Abständen, daß ich nicht mal mitzählen kann. Irgendwann bleibe ich einfach völlig erschöpft in einer Lache von Tränen und Rotz liegen. Paul nimmt mir den Knebel aus dem Mund. Ich habe ein starkes Verlangen, Ihn zu spüren, Seinen Körper an meinen zu drücken. Ich habe so stark an den Ketten gerissen, daß ich ein Vorhängeschloß demoliert habe. Paul kettet mich wieder fest. Ich erschrecke fürchterlich, als ich den geflochtenen Lederriemen der Peitsche über meinen Rücken kribbeln spüre. Mein Körper verkrampft sich allein bei dem Gedanken, die Peitsche noch zu spüren zu bekommen. Ich krieg einen Heulkrampf, doch die Peitsche schmettert auf meinen Rücken. Nur zwei Schläge! Mein Meister nimmt mir die Brille ab, löscht das Licht im Zimmer und geht raus.

In mir hat sich nach dieser bisher schlimmsten Tortur etwas geändert. Nicht nur, daß ich Paul unbedingt in die Arme nehmen will, Ihn liebkosen, an mich drücken will, ich bin sogar geil. Im Gegensatz zu früheren Bestrafungen, nach denen ich erst mal keine und auf keinen Fall sexuelle Gefühle zu Paul hatte, habe ich jetzt einen steifen Schwanz. Paul wichst meinen Schwanz, und ich spritze schnell ab. Auch Er ist im Gegensatz zu früheren Szenen geil, Er legt sich hin, und ich wichse Ihn. Auch Er spritzt ziemlich schnell ab.

Es bleibt außer Striemen, die noch nicht abgeschwollen sind, und blauen Flecken eine Stärke in mir. Ein Stück mehr Liebe, die Paul mir gab, Kraft für unsere SM-Beziehung. Stärke und auch Stolz, Pauls maso zu sein.

29-01-84: Leon

Denke angespannt nach, was an diesem Sonntag Großartiges geschehen ist. Eigentlich nichts, es war ein Tag zum Faulenzen, keine großen SM-Sachen, nur, daß Paul mir vor dem Einschlafen einen Fuß ans Bettende gebunden hat und mir die Hände verschränkt in Handschellen schloß, was sich über Nacht als sehr hinderlich zeigte.

Auch wenn ich an vielen Tagen noch so verzagt auf das blicke, was mich an «Unordnung» belastet, so wird mir ganz angenehm, wenn ich so wie jetzt an meine Beziehung zu Paul denke. Ich sehe unsere Freundschaft (seit Samstag noch stärker) als einen Ruhepol in meinem sehr ungeordneten Leben. Wobei Ruhepol nicht heißt, daß es eine langweilige Beziehungskiste ist, in der nichts geschieht. Ich könnte jetzt stundenlang so weiterschreiben, wie gut es mir in meiner Beziehung zu Paul geht, doch langsam werde ich müde.

30-01-84: Leon

Paul fuhr gleich morgens mit mir ins Geschäft. Es tat unheimlich gut, mal wieder mit einem anderen zusammen im Geschäft zu arbeiten, vor allen Dingen mit Paul. Ich kann mir vorstellen, mit Ihm etwas Gemeinsames aufzubauen, ich meine jetzt Geschäft, Café oder ähnliches. Es ist sehr angenehm, auch unterm Tag mit jemandem reden zu können.

Mein nächstes Ziel ist also die gemeinsame Wohnung mit Paul. Wenn wir einmal soweit sind, hätte ich Lust, vielleicht mit Klaus noch irgendwas zu machen, eine Veranstaltung? Nachdem es mit der WG nicht geklappt hat, ist Paul der einzige, der mir Kraft gibt. Ich brauche Ihn sehr. Hoffe, daß sich mit Klaus, nachdem er anders auf Paul eingehen kann, also nicht mehr in der Wohnung mit Ihm konfrontiert ist, eine stärkere Verbindung entwickelt.

31-01-84: Leon

Paul ist krank. Er hat eine starke Erkältung, die Ihn den ganzen Tag im Bett hält. So läuft zwischen uns beiden sexuell wenig beziehungsweise gar nichts. Auch unsere Unterhaltung reduziert sich. Ich hoffe, daß Er schnell wieder gesund wird. Es bleibt von diesem Tag nicht viel hängen im Vergleich zu all den Tagen vorher, die ich mit Paul verlebte. Ich habe gerade nachgeblättert und festgestellt, daß ich mit Paul seit sechs Wochen befreundet bin. Mir kam es viel kürzer vor. Es gibt noch so vieles über Paul zu erfahren, mit Ihm zu machen. Die Zeit vergeht wahnsinnig schnell. Allerdings, wenn ich daran denke, was in diesen sechs Wochen geschehen ist, kann ich mir kaum vorstellen, die ganzen Geschehnisse in so kurze Zeit zu verpacken. Auch wenn mir meine maso-Rolle oft schwergefallen ist, in einer so kurzen Zeit bin ich doch mit meiner Neigung weit vorangekommen. Ohne Paul hätte es bestimmt das x-Fache der Zeit gedauert, bis ich mein jetziges Bewußtsein erreicht hätte. Im Moment werde ich zwar kaum von Paul gefordert, es ändert aber nichts daran, daß Er mein Meister ist. Unsere Beziehung besteht ja nicht nur aus der einseitigen «Unterdrückung» durch Paul, sondern auch aus meinem Verlangen nach Fügung.

Februar

05-02-84: Leon

Paul will, daß ich Ihm schreibe, was ich mir überlegt habe, als ich vorhin neben Ihm angekettet war. Zuerst wollte ich: «Leck mich am Arsch!» über die Seite schreiben, doch das war nicht das einzige, was mir durch den Kopf ging.

Will zuerst über ein sehr schönes Erlebnis berichten. Ich war gestern den ganzen Tag geil. Paul fesselte mir Füße und Hände auf dem Rücken zusammen, und meinen Hals kettete Er an die Bettkante. Er wichste mich in Abständen und legte mir Brustwarzenklammern an. Er wichste mich weiter, doch ich durfte nicht abspritzen. So ließ Er mich zirka eine Stunde liegen. Ich war zum Platzen geil. Die Fesseln schmerzten, doch das alles machte mich noch geiler. Paul hätte mich in diesem Zustand den ganzen Tag liegen lassen können.

Ich denke darüber nach, weshalb diese Situation so anders war als die gerade eben. Auch vorhin lag ich gefesselt neben Paul, die Fesseln schmerzten, und Paul wichste mich, ohne daß ich spritzen durfte. Doch von Geilheit keine Spur, erst als Paul Seinen Orgasmus bekam, wurde ich ein bißchen geil. Der Rest der Prozedur war einfach nur Streß, ich frage mich, warum. Erst einmal finde ich es schade, daß Paul es sich wieder einfach macht und mir sagt, ich soll ins Buch schreiben. Ich würde mich viel lieber mit Ihm darüber unterhalten. Sicherlich liegt ein großer Teil bei mir. Ich reagierte schon seit gestern abend überheftig auf Paul. Ich kam mir ständig angegriffen vor. Mir kam (kommt?) Paul einfach total egoistisch vor. Er versucht, es sich auf meine Kosten so bequem wie möglich zu machen. Das dachte ich mir, als Er neben mir wichste und mich nicht von den Fesseln befreite, obwohl ich starke Schmerzen im Arm hatte. Er registrierte zwar sensibel alle Reaktionen von mir, aber auf die, die nicht in Sein Konzept paßten, reagierte Er einfach nicht.

Darin liegt auch der große Unterschied zwischen der Situation gestern und der Fesselung heute morgen. Gestern spürte ich, daß Paul auch mir etwas geben will (gegeben hat). Er war bemüht, mich um meinetwillen geil zu machen. Heute hat Er mich gewichst und wollte mich geil haben, weil es Ihn angemacht hat. Es wäre schöner, mit Paul zu reden, statt ins Buch zu schreiben. Sicherlich würde ich mir viele falsche Gedankengänge sparen. Langsam geht es wieder aufwärts mit meinen Gefühlen zu Paul. Ich sollte vielleicht nicht nach so einem Negativerlebnis ins Buch schreiben. Ich schreibe vieles aus dem Moment heraus, das ich nicht wirklich fühle. Ich lieb Dich, Paul!

Seite 100 in Pauls handgeschriebenem Buch.

Paul

Wenn du diese Seite beschreibst, sag mir sofort Bescheid – jetzt!

Ich will dich sofort küssen und umarmen!

Dein dich liebender Meister. Du hast einen großen Wunsch frei, bitte sag ihn mir noch heute.

Leon: Wunsch

Sei fair und gib mir ein bißchen Nachsicht, auch wenn Du schlecht drauf bist. Bleib lange bei mir.

Immer noch 05-02-84: Leon

Der Sonntag war vollgestopft mit SM. Mein Bondage morgens, danach frühstückte ich mit Paul. Nach dem Schreiben ging es mir wesentlich besser. Habe mich wahnsinnig zu Paul hingezogen gefühlt. Hätte Ihn den ganzen Tag streicheln, küssen und knuffen können. Paul ging es nicht so gut. Ich merkte das daran, daß Er Spielzeug brauchte. Es machte mich geil, Paul zu «bedienen». Ich zog Ihm die Gummimaske zum Aufblasen über den Kopf und schnürte Ihm noch die Ledermaske drüber. Er stöhnte tief heraus, als ich den Gummi aufblies. Ich fesselte Ihm die Hände über dem Kopf. Ich wollte Ihm was in den Arsch rammen, der Gummischwanz war mir dazu zu klein. Zog Paul die Dildohose an, Er mußte das mit Widerwillen dulden. Dann fesselte ich Seine Füße zusammen. Paul stöhnte. Es reichte mir nicht, Ihm einen zu wichsen. Ich wollte endlich wieder Seinen Arsch. Zog mir Seinen Hintern in Positur. Sein Loch brachte mir keinen Widerstand entgegen. Paul wand sich, mein Eindringen in Seinen Arsch schmerzte ihn. Doch es gab kein zurück, ich mußte Ihn heute einfach bumsen. Endlich steckte ich voll drin, und Paul entspannte sich, reckte gierig Seinen Arsch hoch. Ich ficke Paul, so tief ich kann, stoße meinen Schwanz in Sein nasses Loch. Er stöhnt, ich soll abspritzen, und es kommt mir in Pauls Arsch. Ihn hat der Fick so hochgebracht, daß Er kurz darauf abspritzt.

Nach diesem Spielchen geht es uns beiden gut. Paul ist gelöst, befreit von Seinen Zweifeln. Ich will Sein maso sein, doch oft fehlt mir der kleine Ruck, um die Sachen, die ich im Kopf habe, auch rauszulassen. Paul hat recht, wenn Er mir vorhält, daß zu wenig Ideen von mir ausgehen. Will versuchen, mich stärker fallen zu lassen, und Ideen, die ich im Kopf hab, auch ausführen.

Pauls Nachdenken über unser zukünftiges Zusammenwohnen macht mich ganz unsicher. Ich hab mich entschieden, mit Paul zusammenzuziehen, und freue mich jetzt darauf. Will mit Ihm die

Wohnung einrichten, tausend Sachen mit Ihm machen. Paul ist traurig, weil ich so bedrückt bin. Irgendwann um Mitternacht kann ich endlich mit Paul reden. Wir unterhalten uns über die Zukunft, darüber, daß ich noch viel tun muß, um ein williger maso zu sein; über Pauls Perspektivlosigkeit bezüglich einer Arbeitsstelle. Der ganze Frust kommt raus. Paul braucht wieder Spielzeug. Er liegt vor mir, Hände, Füße und Hals mit einer Kette auf dem Rücken gefesselt, gekrümmt, nicht fähig, Seinen Körper in eine bequeme Lage zu bringen. Der Kopf eingeschnürt in Leder. Um Sack und Schwanz habe ich Ihm einen Lederriemen gebunden. Er stöhnt mich an, will gewichst werden. Sein steifer, eingeölter Schwanz reckt sich mir entgegen. Er drückt ihn rhythmisch auf und ab. Ich wichse Ihn nur langsam, lasse den Schwanz durch meine Finger flutschen. Streichle Pauls ganzen Körper, will Ihm alles an Geilheit geben. Irgendwann spritzt Er dann mit einem Schrei ab, die Wichse in dicken Tropfen auf dem Laken und meinen Oberschenkeln. Ich lecke alles auf, jeden Tropfen aus Pauls Schwanz.

06-02-84: Leon

Paul hat gesagt, daß nun die ersten Tage der Liebe vorbei sind. Es hat mich erschreckt. Ich liebe Ihn noch genauso intensiv wie am ersten Tag. Vielleicht reagiere ich anders auf manches von Ihm, aber nicht, weil ich Ihn weniger liebe. Ich habe von Ihm gelernt, baue mich an Ihm auf. Merke, daß ich Ihm manchmal Widerstand entgegensetzen muß, um mich zu behaupten.

Paul ist heute wieder besser drauf. Ich spüre den Meister in Ihm. Ihm mit Gummischwanz im Arsch und Fesseln um die Handgelenke einen gewichst. Will mich Ihm zur Verfügung stellen, versuche, eigene maso-Ideen zu bringen. Freue mich, Ihn jetzt zu sehen. Den Wunsch muß ich mir noch überlegen. Möchte etwas ganz Liebes oder Großes von Paul.

Heute knallte mir Paul ohne Grund die Peitsche über den Rücken. Drei Schläge für Seine Geilheit. Ich glaube, ich habe gelernt, mit den Schmerzen umzugehen, die die Peitsche verursacht. Es war geil (zumindest bei den ersten beiden Schlägen), das Ledergeflecht auf dem Rücken zu spüren. Paul hat mich, als ich schlief, von oben bis unten abgeküßt!

07-02-84: Leon

Disko, das erste Mal, daß ich was ohne Paul unternehme.

Erst sitze ich still rum. Man fragt mich, was los ist. Ich denke selbst darüber nach, warum ich nicht so recht in Stimmung komme, hab ein bißchen schlechtes Gewissen, weil ich Paul allein zu Hause gelassen habe. Doch ich kann ja auch selbst was unternehmen, ohne Paul. Es gibt einige Dinge, die ich ab und zu gern mache und bei denen Paul nicht mitkommen will. Irgendwann macht es dann doch Spaß, zu tanzen, mich mit anderen zu unterhalten. Aber eigentlich würde ich lieber in einer Lederbar sitzen. Mein Geschmack bezüglich Männern hat sich verändert, hier ist bestimmt keiner, der mir gefallen könnte. Alles «normale» Schwule. Ich lächle stumm, als mich der kleine Italiener wegen meiner Lederklamotten anspricht. Dabei fällt mir wieder ein, Paul war heute total geil, als ich zu Ihm kam. Aber irgendwie klappte es doch nicht. Will jetzt zu Ihm ins Bett.

In der WG schnell die Klamotten runter und ins Bett, an Paul gekuschelt.

08-02-84: Leon

Den ganzen Tag zu tun, nicht einmal viel Zeit für Paul. Er liegt mit Fieber im Bett, ist total kaputt. Zahnarzt – dann zu unserer möglichen Vermieterin. Überlege mir im Auto, was ich Ihr auf die Frage antworte, warum ich mit Paul zusammenziehen will.

Ich glaube, es hat geklappt, wir bekommen die Wohnung. Am nächsten Mittwoch soll der Vertrag geschlossen werden.

09-02-84: Leon

So geht es nicht weiter. Meine Tagebucheintragungen werden immer dürftiger. Ich bin geschäftlich sehr im Streß, so daß ich auch wenig Kraft zum Schreiben habe. Auch Paul leidet darunter. Bin nachts erschöpft, kann nicht mehr über SM nachdenken, schlafe meist schnell bei Paul ein. Ihm muß es so vorkommen, als ob ich entweder keine Lust auf SM habe oder Ihn nicht mehr so liebe wie am ersten Tag oder es mir einfach bequem mache und alles von Ihm kommen lasse.

Doch ich liebe Paul sehr und bin geil auf SM, will auch eigene Ideen bringen. Ich bitte Paul um Verständnis. Wenn nicht, knalle mir ein paar über den Rücken.

Das einzige, was ich jetzt tue, ist, Paul zu versorgen, weil Er immer noch mit Fieber im Bett liegt. Bestimmt wird unser SM-Leben bewegter, wenn es Paul wieder besser geht. Ich denke nach, wie intensiv wir die vergangenen Wochen gelebt haben. Keine Sekunde will ich missen. Hoffentlich kommen noch viele, viele mehr.

10-02-84: Leon

Jetzt fang ich gleich den Freitag zu schreiben an.

Wohnung ade! Mit unserer neuen Behausung wird es nichts. Bin zwar betrübt und hab es mir lange überlegt, aber die Raumaufteilung paßt nicht. Ich glaube, Paul hätte die Wohnung gern genommen, wenn ich nicht abgelehnt hätte, Er sieht aber auch, daß ich mein eigenes Zimmer brauche. Daß Paul nicht versucht, sich auf meine Kosten durchzusetzen, finde ich toll. Ich spüre gern Seine Liebe auch in solchen Dingen.

Es nervt mich, zum Technischen Hilfswerk zu müssen, anstatt jetzt zu Paul zu fahren. Mich ärgert jede Stunde, die ich ohne Ihn verbringen muß. Morgen werden wir wieder nach einer Wohnung suchen. Wir werden eine geeignete finden, vielleicht dauert es ein bißchen, doch wir werden etwas finden. Fühle mich mit Paul unheimlich stark.

11-02-84: Leon

Die Wohnungssuche war nervig und ohne Erfolg. Paul moserte an allem herum, ich konnte nichts recht machen. Er schob Seine schlechte Laune auf die Krankheit, doch ich denke, daß Krankheit und schlechte Laune auf unsere Wohnsituation zurückzuführen sind.

Zu Hause machte es mich an, wie Paul so im Bett lag. Ich kuschelte mich neben Ihn, streichelte Seinen Körper. Mein Finger drang ganz leicht in Sein Arschloch ein. Ich wollte Paul bumsen – und Er wollte es auch auch. Ich kettete Seine Hände am Bett fest und schnürte Seinen Kopf in die Ledermaske, unter die Er sich die aufblasbare Gummihaut gezogen hatte. Ich schmierte Sein Loch mit Gleitcreme ein, wichste Ihn, blies die Gummimaske auf. Der Druck auf Seinen Kopf preßte Ihm das Sperma aus dem Schwanz, noch bevor ich Paul bumsen konnte.

Danach ging es uns beiden besser. So gut, daß ich sogar Paul aufforderte, mich kurz vor dem Einschlafen zu fesseln. Meine gute Laune bereute ich kurz darauf. Paul band mir die Arme über dem Kopf ans Bett. Meine Füße legte Er ins Eisen. Ich hatte keine Schmerzen, doch es ging mir an die Nerven, weil ich in dieser Stellung nicht einschlafen konnte. Ich riß an den Ketten, drehte und wand mich. Ärgerte mich, daß ich Paul noch dazu aufgefordert hatte, mich zu fesseln. Ich wurde noch wütender auf mich, als mich Paul besänftigend streichelte und ich dabei geil wurde. Mich nervte, daß Paul immer an meine Grenzen stößt, und ich dachte, daß Er einfach zu faul ist, den Schlüssel zu suchen, um mich loszubinden. Ich tobte so herum, daß ich damit rechnete, von Paul eine gescheuert zu bekommen oder mit dem Knebel noch stärker verschnürt den Morgen abwarten zu müssen. Doch Paul wurde schwach, Er kettete mich los und bestrafte mich nicht für den Tumult.

12-02-84: Leon

Es war schön, mit Paul nach dem Frühstück lange spazieren zu gehen, ich merkte, daß Er wieder neue Kraft bekam, Hoffnung, eine Wohnung zu finden.

Nach dem Abendessen kam Ebi. Paul und er verzogen sich ins andere Zimmer. Ich kam mir lächerlich vor, bin eifersüchtig auf Paul, weil mir bewußt wird, daß ich keinen kenne, mit dem ich über SM reden kann. Es ist genau die gleiche Situation wie in Hamburg, als Paul zu Thomas ging. Ich entzog mich der dummen Lage, indem ich einfach im Wohnzimmer einschlief. Was mir an dem Besuch nicht gefiel, hat Paul anscheinend aufgebaut. Er war anschließend viel besser drauf.

13-02-84: Leon

Bin immer noch sehr gereizt und fahre Paul bei jeder Gelegenheit über den Mund. Das tut mir dann anschließend leid. Der Abend gestern macht mir doch immer noch zu schaffen. Ich wettere gegen Paul, kontere bei jedem Seiner Sätze, obwohl es ja nicht an Ihm liegt, daß ich mir gestern abend so dumm vorkam. Ich halte Ihm nicht vor, daß Er sich mit Ebi unter vier Augen besprechen wollte, es ist ja nichts Negatives dabei, mit jemandem allein zu sprechen. Eigentlich will ich Paul im Moment helfen, Er hat bestimmt keinen Anlaß, sich zu freuen. Keine Arbeit, keine Wohnung und einen aufsässigen maso.

14-02-84: Leon

Mir geht heute vormittag die Angst um Paul nicht aus dem Kopf. Abends wollte ich mit Ihm reden, doch Er war zu kalt und zu sachlich. Ich war hilflos, und es tat mir weh, Seine Liebe nicht mehr zu spüren.

Wir lagen beide im Bett, nebeneinander, etwas trennte uns, bis ich Paul endlich in die Arme nahm. Ich schaute in Seine Augen, und die Mauer brach endlich auf. Ich umarmte Ihn, drückte Seinen Körper an mich. Ich spürte Seine Liebe. Er bat mich um Verzeihung, weil Er mich den ganzen Tag nicht geliebt hat. Doch Liebe ist für mich etwas, das ich Ihm gebe, ohne irgendeine Gegenleistung zu fordern. Es tut natürlich gut, es trotzdem zu spüren. Ich fickte Paul in allen Stellungen, Seinen Kopf in Gummimaske und Leder eingeschnürt, die Hände gebunden. Wenn ich mit meinem Schwanz in Pauls Loch dringe, erregt mich der Ring so stark, daß ich meinen Steifen nicht mehr bewegen kann, ohne abzuspritzen. Deshalb ziehe ich immer wieder meinen Schwanz aus Pauls Arsch, bis ich eine Stellung gefunden hab, bei der ich Ihn stoßen kann, ohne gleich zum Orgasmus zu kommen. Ich wichse Pauls Schwanz, doch Er will noch nicht abspritzen, will gestoßen werden, stöhnt unter dem Druck der aufgeblasenen Gummimaske. Als ich in Seinem Arsch abspritze, kommt es Ihm auch. Gierig lecke ich Seine Wichse von meiner Hand und Seinem Bauch.

15-02-84: Leon

Ich habe wieder ein anderes Gefühl zu meinem Meister. Heute morgen erteilte Er mir für eine ganze Woche Spritzverbot. Der Vormittag vergeht so wie die ersten Tage, an denen ich Paul liebte. Ich konnte keine Minute arbeiten, ohne an Ihn zu denken. Es ist einfach schön, mit Ihm zusammenzusein, ein lieber Blick läßt mich den ganzen Nerv mit Ihm vergessen. Wir verbringen den ganzen Vormittag in der Stadt. Ich gehe zum Friseur und lasse mir einen maso-Schnitt verpassen. Die Friseuse ist ganz entsetzt, als ich ihr zeige, wie ich mir meine neue Frisur vorstelle. Jetzt kommen mir die Haare beim Aufziehen der Ledermaske nicht mehr in die Quere. Abends bitte ich Paul, mir die Lederhose anzuziehen, damit ich nicht wichsen kann. Paul setzt mich in Hand- und Fußeisen und mit einer Kette um den Hals vors Bett, damit ich mich abgeilen kann. Die Fesseln bewirken das Gegenteil, zumal Paul im Bett liegt und wichst. Ich lecke Seine Füße ab und werde dabei noch geiler. Paul holt mich ins Bett. Fast eine Stunde halte ich Ihn kurz vorm Orgasmus, dann spritzt Er ab.

19-02-84: Paul

Kein Eintrag, schade. Schon wieder hat mein maso, den ich im Moment sehr liebe, am Samstag nichts gemacht. Dazu kommt, daß mir gestern ein paar Sachen aufgefallen sind, die nicht in die richtige Richtung weisen. Zugegeben, ich bin seit Tagen nicht gut drauf, physisch geschwächt und fiebrig, aber an sich sollte mein lieber maso dann noch unterwürfiger und selbständiger handeln. Unterwürfigkeit in der Körperhaltung und in Sprache und Wortwahl ist sowieso eine große Hürde für meinen maso. Aber, m, da mußt du rüber!

Einige Beispiele von gestern, Samstag, wie du nicht gehandelt hast:

Zweimal mußtest du angelegte Hosen ausziehen, im Café und im Bett. Du weißt, daß dies an sich nur in ganz, ganz großen Ausnahmefällen geht. Du hättest viel unterwürfiger deinen Meister bitten müssen, mit Anrede, auf Knien (im Fahrstuhl, wenn du es im Café nicht wagst). Nichts davon. Dann kam auch hinterher kein unterwürfiger Dank, kein Stiefelküssen und so weiter. Und deine Bemerkung: «Das mit der Hose geht nicht über Nacht» war die Höhe. Damit hast du im Moment für mich die SM-Ebene verlassen. Ich hätte eher Bitten und Alternativvorschläge erwartet. Du hast dich ja dann noch gefangen und mir die Füße geleckt, immerhin ein kleiner Fortschritt. Trotzdem war das keine Bitte um Verzeihung oder um Gnade. Ich habe darauf gewartet, daß du die Peitsche oder die Gerte geholt und darum gebeten hättest, dich zu bestrafen.

Überlege das und bessere dich unbedingt, sonst kommen wir nicht weiter. Ich erwarte heute nacht etwas in dieser Richtung. Ich liebe dich, mein Liebster.

Übrigens, wie sollen wir das vergessene Schreiben am Samstag bestrafen?

Leon

Über Freitag gab es nichts zu schreiben, nichts, was mir noch im Kopf war.

Samstag:

Paul hat es ja schon angedeutet. Er zog mir zum Spazierengehen die Aufgeilhose an. Ich wollte sie angezogen kriegen, half mit, daß sie fest saß. Doch leider machten im Café meine Eier nicht mehr mit. Als ich die Hose auf dem Klo auszog, sah ich, daß mein Sack geschwollen und schon fast blau angelaufen war. Ich zog die Hose auch nicht aus, sondern legte mir den Riemen zwischen meinen Beinen anders. Es war aber falsch von mir, mich nicht bei Paul zu bedanken. Das gleiche nachts im Bett. Ich wollte die Dildohose angezogen bekommen, kriegte dann aber so fürchterliche Bauchkrämpfe, daß ich sie nicht anbehalten konnte. Auch in dieser Situation forderte ich Paul nicht gerade unterwürfig dazu auf, mir die Hose auszuziehen. Als Paul meinte, wenn Er mir die Hose wieder anzieht (ich wollte es noch mal probieren), muß ich sie die ganze Nacht anbehalten, kam mein: «Das geht nicht!». Doch ich wollte damit nicht abwehren, ich hatte mir eigentlich Widerspruch von Paul erhofft, wünschte mir, daß Er mir Mut macht. Ich wollte versuchen, die Hose so lange zu tragen, wie es geht. Ich hätte aber die Unterstützung von Paul gebraucht. Er schreibt auch, daß ich keine Alternativvorschläge gebracht habe. Es gab einen Vorschlag, ich wollte einen Schritt tun, vor dem ich schon immer Angst hatte: Ich bot Paul an, mir Seine Faust in den Arsch zu schieben. Ein Akt, mit dem ich Ihm ganz bewußt meine Gesundheit ausgeliefert und meine Angst, meine Bedenken unter die Wünsche von Paul gestellt hätte. Ich glaube, Er hat das in diesem Moment gar nicht kapiert. Irgendwann, wenn ich wieder genug Mut bekommen habe, werde ich Ihn noch einmal auffordern, mich so zu ficken. Ich liebe Paul sehr und lasse Ihn auch ein Stück von mir zerstören.

Sonntag:

Der ganze Tag ist mit Pauls Liebe angefüllt. Er sagt mir oft, wie sehr Er mich liebt, zeigt es mir, ich spüre es. Es tut mir gut, auch Streicheleinheiten und Liebkosungen von Ihm zu bekommen. Oft stecke ich in der Situation, daß Paul vor mir liegt und darauf wartet, daß ich Ihn streichle und lecke. Erst wenn Er dann richtig geil ist, erwidert Er die Liebkosungen. Das Wochenende war ganz anders. Er stöhnte schon, als ich Ihm nur über die Haare streichelte, rückte im Bett immer zu mir, preßte Seinen Arsch an meinen Schwanz.

Ich habe mich sehr gefreut, daß Er mich «sehr liebt». Wenn ich schnippische Antworten gebe, Ihn provoziere, so nicht aus Opposition zu meinem Meister, sondern weil es mir sehr gut geht und ich es Ihm zeigen will. In solchem Stolz erkenne ich Paul noch viel mehr als meinen Meister an. Wenn ich wirklich in Opposition zu Paul stehe, fallen meine Antworten härter aus, ich reagiere dann wesentlich abweisender.

Heute nacht habe ich mit Lederhose geschlafen und Paul gebeten, mir die Hände auf dem Rücken zu fesseln, meinen Hals an die Bettkante zu ketten. Ich konnte schlecht schlafen, sehe es aber als Stärke, nicht als Schwäche von Paul, daß Er mir am frühen Morgen die Hände nach vorne band und den Halsreifen löste. Ich spürte Sein Mitfühlen. Das einzige, was mir vielleicht fehlt, ist, daß Ihn meine unbequeme Lage aufgegeilt hätte.

20-02-84: Leon

Bin jetzt nicht nur beim Schreiben geil oder wenn ich an meinen Meister denke. Eigentlich geilt mich jede Gelegenheit auf, wenn ein hübscher Mann zur Tür hereinkommt, ich an Paul denke, meine Hose am Schwanz scheuert, allein der Gedanke, daß ich keine Unterhose trage. Ich habe mir eine Strafe überlegt, die mir bestimmt sehr schwerfallen wird. Ich werde noch eine Woche ohne Orgasmus auskommen. Paul kann zwar meinen Schwanz anfassen, wann Er will, doch ich darf nicht spritzen. Wenn Er will, muß ich Ihn auch bumsen, ohne zu spritzen. Heute abend soll Er mich ans Bett fesseln und mit dem Knebel schlafen lassen, damit ich nicht betteln kann, losgebunden zu werden. Er soll mir Seine Wichse ins Gesicht spritzen oder mich unter der Dusche anpissen.

Aus dem Fesseln im Bett wurde leider nichts. Paul war dazu nicht in Stimmung. Paul hat mich dann irgendwann aufgeweckt, mich geküßt und gesagt, daß Ihn mein Schreiben, die Strafe, die ich mir auferlegt habe, wieder etwas aufgefangen haben.

21-02-84: Leon

Paul kam heute in meine Wohnung zu mir aufs «Land». Ich bin ganz froh, daß wir mal allein in einer Wohnung sind, ohne Nerv, den es ständig in Pauls Wohnung gibt. Paul ist überraschend gut drauf. Wir verschmusen den ganzen Abend. Ich sehe Paul während meiner «Abstinenzzeit» mit anderen Augen. Liebe Ihn intensiver, will ständig Seinen Körper streichen, bin darauf aus, daß Er einen möglichst intensiven Orgasmus erlebt. (Er kriegt ihn im Moment für mich mit.) Ich schaffe es, Paul zu bumsen, ohne selbst dabei abzuspritzen. Auf Paul scheint sich meine Geilheit zu übertragen. Er hat ein ganz entspanntes Arschloch, es geilt Ihn hoch, wenn ich meinen Schwanz in Ihn stoße.

Ich habe mir überlegt, daß die Abstinenz viele schöne Seiten hat. Ich liebe Paul viel bewußter, die maso-Rolle fällt mir leichter und macht mehr Spaß. Die Aufgaben, die mir mein Meister stellt, machen mich geil. Ich würde bei ständigem Orgasmusverbot unsere Beziehung viel intensiver leben, doch ich weiß nicht, wie lange, vielleicht schlägt die ständige Spannung in mir plötzlich in Aggression um. Zudem zeigen sich bei mir jetzt schon Nervosität und Unkonzentriertheit, vor allem bei der Arbeit. Trotzdem schoß mir durch den Kopf, mein Spritzverbot noch auszudehnen.

22-02-84: Leon

Heute war ich zum Faustfick bereit. Als Paul völlig unverhofft meinen Arsch mit jeder Menge Vaseline eincremte, war ich bereit, ja, ich wollte Pauls Faust spüren, drückte Ihm meinen Arsch gegen die geballte Hand. Leider sind Seine Fingernägel zu lang, Er schabte an meiner Darmwand. Als es blutete, gab Paul auf. Ich liege da, Kopf am Boden, den Arsch noch immer bereit, befühle mein Loch, das jetzt so groß klafft. Ich hätte eine Halbliterflasche Cola hineinstecken können. Meine Hemmungen sind gefallen. Ich will Pauls Faust im Arsch.

Paul vollzog heute die Strafe, die ich für mein schlechtes Benehmen vorgeschlagen hatte. Er fesselte mich ans Bett. Ich konnte mich kaum noch bewegen, die Füße in Lederfesseln angebunden; am Halsband zwei Ketten, so daß ich mich nicht einmal ein wenig hätte nach links und rechts bewegen können. Meine Hände am Bettkopf mit Handschellen fixiert. Einen Knebel im Mund. Ich war etwas enttäuscht, die ganze Prozedur war sehr unsexuell. Weder Paul noch ich waren geil, Er fesselte mich nur, um meine Wünsche möglichst bald in Erfüllung gehen zu lassen. Vielleicht sieht es mein Meister ganz anders. Ich hätte mir das Bondage viel sexueller vorgestellt. Ich lag gefesselt auf dem Bett, es war unmöglich einzuschlafen. Ich konnte mich nur mit mir selbst beschäftigen. Die Fixierung hinderte mich am Schlafen, und in meinem Kopf kreiste es. Ich versuchte immer wieder, meine seelischen Schmerzen und meine Wut auf irgend jemand, irgend etwas zu projizieren, wenn ich meinte, es nicht mehr auszuhalten. Es fallen mir immer wieder die Worte Pauls ein, die Er sagte, als Er mich fesselte: «Ich liebe dich, denk daran!» Ich projizierte diesmal meine Wut nicht auf Paul. Mir war bewußt, daß Er mich liebt und deshalb so behandelt. Ich höre die Kirchturmglocken schlagen und denke, es ist wieder eine Stunde vorbei. Beim nächsten Schlagen merke ich, es ist erst eine viertel Stunde! Die Zeit vergeht so langsam wie nie zuvor in meinem Leben. Zähle langsam vor mich hin, kann aber einfach nicht einschlafen. Immer wieder denke ich, daß ich womöglich bis sechs Uhr morgens so daliegen muß. In einer Lage, in der nicht einmal die Viertelstunden vergehen.

Ich zerreiße ein Schloß, öffne einen Haken am Halsband. Doch nicht, weil ich mich aus meinen Fesseln befreien will, sondern nur, um in einer bequemeren Stellung zu liegen. Ich spüre nämlich seit einiger Zeit meine Arme nicht mehr. Ich bekomme Magenschmerzen, der seelische Streß wirkt sich aus. Irgendwann heule ich dann los, ich kann nicht mehr. Paul bindet mich los. Ich habe nur noch das Bedürfnis, mich an Ihn zu schmiegen und an Seinen Körper gepreßt einzuschlafen.

23-02-84: Leon

Bin von der letzten Nacht kaputt und schlafe sehr früh ein.
Ich glaube, ich verliebe mich ständig neu in Paul.

24-02-84: Leon

Eine Nacht ohne dich. Sie ist für mich vergeudet, will bei Dir sein, Deine Hitze spüren, Deinen Arsch am Bauch fühlen, wenn Du schläfst. Dir durch das Gesicht streicheln und etwas stöhnen. Denkst Du an mich? Ein Verliebter.

25-02-84: Leon

Samstag vormittag THW. Beeile mich, nach Hause zu kommen, zu Paul.
Paul war heute psychisch auf einem Tiefpunkt. Er war ständig ruhig, grübelte über die Scheiße nach, die im Moment abläuft. Das wirkte sich auch auf mich aus. Ich hatte dieses Wochenende nach Streß und THW keinen Bock auf Frust. Es ist für Paul eine schwere Zeit.

26-02-84: Leon

Am Sonntag war Pauls Tief vorbei. Er machte mich auf Fehler aufmerksam, die ich gestern begangen habe. Ich leckte einmal Pauls Schwanz nach dem Spritzen nicht ab und begrüßte Ihn Sonntag morgen nicht. Ich soll mir noch eine Strafe dafür überlegen. Hab Paul gebeten, mich dafür anzupissen und dies künftig auch zu tun, wenn ich was falsch mache. Ich wurde ganz geil, als mir die Brühe runterlief. Er pißte in mein Haar, es rann über den Nacken auf den Rücken und an den Oberschenkeln runter. Werde ich bei dem Anpissen nur so geil, weil ich lange nicht gespritzt habe? Paul gab mir am Sonntag sehr viel Liebe, Er verwöhnte mich. Ich bekam die Gummischwänze in den Arsch gerammt, so, wie ich wollte. Er wichste meinen Schwanz immer wieder bis kurz vorm Abspritzen. Ich habe Seine Zärtlichkeiten erwidert, streichelte Ihn am ganzen Körper, küßte Ihn von oben bis unten ab, Er mußte für mich mit abspritzen. Und wieder war ich nach Seinem Orgasmus so zufrieden und ausgeglichen, als wenn ich abgespritzt hätte. Jetzt sollte ich mir eine Strafe überlegen, doch es soll etwas Neues sein. Hab mir überlegt, noch eine Woche ohne Abspritzen auszukommen, aber das hatte ich ja schon.

27-02-84 im Bett: Paul

Leon, der werdende Sklave, wichst gerade meinen Schwanz hoch, und ich werde immer geiler. Aber jetzt zu der noch ausstehenden Strafe:

Es folgt eine kleine Strafwoche, die sieht ab Mittwoch morgen so aus:
▷ eine weitere Woche Spritzverbot
▷ alle vergessenen Sachen doppelt und dreimal so sorgfältig erledigen (Sperma ablecken, Begrüßung)
▷ sooft es geht den Meister mit allen möglichen Tricks geil machen
▷ den Meister jeden Tag in demütiger Haltung, auf Knien mit gesenktem Kopf um fünf Schläge bitten (Peitsche oder Gerte darf der maso wählen)
▷ jeden Abend muß sich der maso für die Nacht drei Sachen aus der Kiste aussuchen
▷ jeden zweiten Tag hat der maso nach dem Aufgeilen des Meisters vor dem Bett auf der Erde zu schlafen
▷ jeden Tag ist die Liste dem Meister laut vorzulesen
▷ am letzten Tag ist die Liste (zur Zeit vierzehn Punkte) auswendig aufzusagen (ohne gesonderte Aufforderung, wie alles andere auch)

Streng dich an in dieser Woche. Wenn dein Meister nicht zufrieden ist, wird die Woche wiederholt.

Ich liebe dich.

Leon

Danke für die Strafe, ich hoffe, Dich zufriedenzustellen. Habe an der Strafe zu schlucken und muß sie erst verdauen. Mein Meister hat recht, ich habe die Chance verpaßt, mir selbst eine Strafe auszusuchen.

28-02-84: Leon

Ich habe gerade die Strafe noch einmal durchgelesen. Mir kommt einiges hoch. Über die Liste in «Cool» konnte ich lächeln, aber die Liste, die Paul für mich aufgestellt hat, gibt mir keinen Grund dazu. Seit gestern nacht habe ich wieder ein Widerstreben in mir, alles bäumt sich gegen die Unterdrückung auf. Wenn ich lese: «Jeden Tag den Meister auf Knien um fünf Schläge bitten», könnte ich meinen Kuli in die Ecke werfen.

Den ganzen Tag davor fand ich mich in meiner Rolle zurecht, mich hatten solche Verordnungen geil gemacht. Es war ja auch vor ein paar Tagen so, als mich Paul ans Bett fesselte. Mich hätten auch Schläge aufgeilt. Mir ist unverständlich, warum ich so ablehnend auf Pauls Zeilen reagiere. Gestern, als ich Paul wichste, war mir klar, daß Er mir jetzt eine Strafe ins Buch schreibt. Ich fand es geil, mit gebeugtem Körper vor Ihm zu knien und Ihn zu wichsen.

Meine Auflehnung begann, als ich die Strafe las. Ich ließ mich zwar noch von Ihm auspeitschen, ich bat Ihn sogar darum, aber nur, weil die Wut in mir hochkam. Ich sehe es als Schwäche von Paul, meine Strafe einfach ins Buch zu schreiben, sie nur lesen zu lassen. Ich glaube, ich lehne mich deshalb so dagegen auf. Ich brauche einen starken Meister. Wünsche mir in diesem Moment, jetzt beim Schreiben, daß Paul mich windelweich prügelt, mich so schlägt, daß ich wimmernd darum bitte aufzuhören. Wünsche mir, daß mir Paul jetzt meine Auflehnung herausprügelt. Doch Paul ist nicht hier.

29-02-84, 1. Tag der Strafwoche: Leon

Ich hab mich sehr auf den Mittwochnachmittag gefreut. Der ganze Nachmittag für uns beide. Wir waren beide guter Laune, zumal wir uns eine Traumwohnung angeschaut haben. Paul hat die Depressionen wegen des ganzen Nervs der letzten Woche etwas abgeschüttelt.

Ich bin maso-geil, wälze mich vor Paul am Boden, lecke Ihm die Füße, Er dirigiert meinen Mund vor Seinen Schwanz und stößt ihn tief hinein. Ich würge, kann nicht weiter atmen, versuche aber, Paul noch geiler zu machen. Lege mich auf den Boden und führe Pauls Fuß auf meinen Kopf. Ich will, daß Er über mir steht, Er wichst dabei. Ich bitte Paul um die Schläge, bringe Ihm auf allen vieren kriechend im Mund die Peitsche. Er befiehlt mir, die Gummimaske aufzusetzen. Ich bekomme Panik: Wenn Er mich schlägt, kann ich meine Atmung nicht mehr kontrollieren, ich ersticke. Die Schläge knallen auf meinen emporgereckten Arsch, mir wird übel, weil ich keine Luft mehr kriege. Nach den fünf Schlägen läßt mich Paul die Maske abnehmen. Doch der Akt ist noch nicht vorbei. Paul drischt weiter auf mich ein, ich habe zu wenig um die Schläge gebeten. Er steht weiter von mir weg, ich krieche Ihm zu Füßen. Für die letzten Schläge, ich weiß nicht mehr, wie viele es waren, nimmt Paul die Gerte in die Hand. Die Gerte knallt voll auf meinen Sack, ich krümme mich auf dem Boden, wälze mich vor Schmerz, den der Schlag verursacht hat, er übertönte alle anderen. Wie Paul befiehlt, krieche ich aufs Bett, auf dem Er liegt. Wie in Trance wichse ich Pauls Schwanz, bis Er mir in den Mund spritzt. Trotzdem ich so erschöpft bin, kann ich jetzt nicht einschlafen. Die Nacht sollte nicht angenehmer für mich werden als der Nachmittag. Wie befohlen suche ich mir aus der Kiste die Sachen für die Nacht. Paul fesselt mir die Füße zusammen, legt mir das Halsband an. Ich werde geil, als Paul mir Ketten um die Oberschenkel legt und meine Hände mit Handschellen daran festkettet. Ich bereute die ganze Nacht, Paul diese Fesselung vorgeschlagen zu haben, ich liege die ganze Zeit wach, die Handschellen drücken Blut- und Nervenbahnen ab.

März

01-03-84, 2. Straftag: Leon

Als mich Paul heute morgen losband, war meine rechte Hand taub. Auch jetzt ist der Handrücken noch unverändert pelzig. Ich hoffe, keinen Arzt aufsuchen zu müssen. Paul war so liebesbedürftig, ich geil. Er führte meinen Schwanz in Seinen Arsch ein, ich stieß Paul bis kurz vorm Abspritzen, legte mich auf Ihn, fickte Ihn von der Seite und wichste dabei Seinen Schwanz. Paul stand mit mir auf, wir frühstückten zusammen.

Nach einem nervigen Tag im Geschäft fiel mir auf der Fahrt ein, daß der Streß ja noch nicht vorbei ist. Es kommen ja noch die Schläge, das Vorlesen etc. Ich hatte Angst vor der heutigen Tortur, fühlte mich nicht in der Lage, sie durchzustehen. Paul machte meine Angst so geil, daß Er sich gleich wieder von mir bumsen ließ. Ohne Gleitmittel konnte ich meinen Schwanz in Seinen Arsch stoßen. Schließlich bat ich Paul um die Schläge. Ich brachte Ihm wie gestern die Peitsche im Mund. Er befahl mir, mich flach auf den Boden zu legen. Ich durfte keinen Laut von mir geben, außer laut mitzuzählen, und das ohne Knebel. Beim letzten Schlag entfuhr mir doch ein Stöhnen, prompt verpaßte mir Paul noch eins mit der Gerte.

02-03-84, 3. Straftag (?): Leon

Freitag mittag, ein häßlicher Tag, nicht wegen des Wetters. Schreibe schon den nächsten Tag auf, weil gestern nichts mehr war, obwohl noch viel hätte laufen sollen. Bin beschämt, traurig, ärgerlich über mich selbst.

Ich wachte heute morgen in Pauls Bett auf, drehe mich zu Ihm. Er ist abweisend, reagiert nicht auf mich. Mich überläuft es heiß und kalt. Pauls Bett ist der letzte Ort, an dem ich diese Nacht etwas zu suchen gehabt hätte. Nachdem ich nach den Hieben mit Paul eine sehr, sehr liebe und intensive Zeit verbrachte – Er wollte für mich heulen –, schlief ich ein. Paul brachte mir noch etwas zu trinken ans Bett, und ich döste weiter, überlegte mir die Sachen, mit denen ich heute vor dem Bett meines Meisters nächtigen wollte. Das Vorlesen der Liste hätte mir auch keine Probleme gemacht. Ich war so geschafft von den vorherigen Tagen und Nächten, daß ich einfach wegknackte.

Ich erzählte gestern abend Paul noch von meinen Ängsten. Es machte Ihn wieder geil, daß ich Angst hatte, und Er half mir mit Seiner Liebe, die Angst zu überwinden. Ich legte mich «schlaggeil» auf den Fußboden. Ich fühle und fühlte mich masochistisch, und nun die Scheiße mit dem Einpennen. Paul stellte, als ich Ihn heute um die Schläge bat, die ganze Strafwoche in Frage. Er will mit mir nicht mehr weitermachen. Ist enttäuscht von meinem erneuten schlechten Verhalten. Ich bin kein maso, wie er in Seinen Phantasien vorkommt. Ich bin, wie mir scheint, weit davon entfernt. Paul stellt mich in Frage, und dies nicht ohne Grund. Ich kann Ihn um Verzeihung bitten und um Strafe für meine Nachlässigkeit, doch immer wieder baue ich Mist. Ich enttäusche Paul und auch mich. Mich selbst am meisten, weil ich sehe, daß ich ständig versage, uns beiden unsere SM-Beziehung versaue.

«Streng dich an in dieser Woche. Wenn dein Meister nicht zufrieden ist, wird die Woche wiederholt», und schon am zweiten Tag habe ich versagt. Da nutzen alle Ausreden mit Müdigkeit, Kaputtsein etc. nichts. Ich weiß nicht, ob Paul eine Wochenwiederholung genügt. Ich kann Ihm nicht mehr in die Augen sehen, bin selbst daran schuld. Eine größere Strafe wäre es, wenn mein Meister mit Liebesentzug reagieren würde, mir Seine Liebe nicht zeigen und mich verachten würde.

Abends reagiert Paul ganz anders auf mich. Er will die Strafen erst einmal sein lassen, ist sehr zärtlich mit mir. Er will mich nicht schlagen und wichst mir den Schwanz. Er befiehlt mir, im Bett mit Ihm was zu machen. Kiste auf, ich schnüre Seinen Kopf in die Ledermaske mit Mund. Handschellen an, die Arme über dem Kopf am Bett festgemacht. Ich will Paul bumsen. Ich drücke Ihm die Beine auf den Bauch und kette sie an das Lederhalsband, das ich Ihm umgeschnallt habe. Sein Arsch reckt sich mir entgegen. Ein Kissen unterm Hintern, ich schmiere Sein Arschloch ausgiebig ein. Langsam schiebe ich meinen Schwanz in Pauls Arsch, das Stöhnen vor Geilheit und vor Schmerz beim Eindringen bringt mich hoch, ich stoße zu, ungeachtet Pauls Jammern. Paul bittet mich, Ihn weiter zu wichsen. Ich massiere Seinen Schwanz, während ich Seinen Arsch mit meinem Steifen stoße. Es kommt Paul, Sein Arsch zittert, Er schiebt Seinen Hintern so aufgeregt hin und her, daß Er mich zum Orgasmus bringt. Es hat keinen Sinn mehr, meinen Schwanz aus Pauls Arsch zu ziehen, ich spritze in Ihm ab.

Schon wieder gegen Pauls Verbot verstoßen. Er hat mir fünfundzwanzig Schläge angedroht, wenn ich in den Strafwochen abspritze. Mir schießen Gedanken durch den Kopf. Ich wollte weglaufen, dann dachte ich mir, Paul einfach nichts zu erzählen. Bei der Menge an Creme, die ich in Pauls Arsch geschmiert habe, würde Ihm mein Sperma beim Scheißen auch nicht auffallen. Doch meinen Meister, meinen Freund anlügen? Ich wollte Paul nicht schon wieder enttäuschen. Als ich Ihm beim Massieren gestand, abgespritzt zu haben, war Er nicht enttäuscht von mir, sondern Er hat gelacht und mich in den Arm genommen. Er war nicht enttäuscht, hat mir sogar geholfen, meinen Gram über mich selbst abzubauen. Er wichste mich dann noch zweimal. Vorm Einschlafen durfte ich mir sogar noch selbst einen runterholen. Nach über vierzehn Tagen spritzte ich alle Wichse hintereinander ab. Paul ist nicht nur mein Meister, sondern mein Freund, der mir in solchen Situationen hilft.

03-03-84: Leon

Ich glaube, wenn wir erst mal eine eigene Wohnung haben, kann ich mich auf meine Rolle als maso besser konzentrieren. Paul macht es mir mit Seiner «Alles Scheiße!»-Haltung nicht leicht. Ich will jetzt nicht nur Paul die Schuld an Seiner Situation geben, doch muß Er darüber hinwegkommen, muß anfangen, an sich selbst zu arbeiten. Nichts wäre mir lieber, als Paul glücklich zu sehen. Ich würde Ihm leichter gehorchen können. Wenn Er mal wieder depressiv herumhängt, kommt mir meine Rolle als maso, die Verordnungen etc. so daneben vor. Was soll ich Unterwürfigkeit zeigen, wenn es meinem Meister nicht gefällt, es Ihn nicht aufgeilt? Wie kann es mich aufgeilen und mir Spaß machen, wenn ich kein Gefallen bei Paul spüre? (Siehe Hinwerfen der ganzen Strafwochen.)

Ich glaube, wir müssen meine Unterwürfigkeit, an der es am meisten fehlt, in kleinen Schritten aufbauen, Schritte, die ich und Paul gehen müssen. Es ärgert mich immer wieder selbst, wenn ich bei einer Aufgabe versagt habe, meine Bitten, meine Unterwerfung nicht so gezeigt habe, wie es Paul gefällt. Doch wenn ich an die kurze Zeit denken, die Paul und ich jetzt zusammen sind und SM ausleben, macht es mich ein bißchen stolz, wie weit wir gekommen sind.

Ich liebe meinen Meister, vor dem ich jetzt auf den Knien liege und Ihm beim Schlafen zusehe. Will maso sein.

04-03-84: Leon

Gleich nach dem Aufwachen. Schnüre Pauls Kopf in die Ledermaske, bumse Ihn, stoße, so fest ich kann, bekomme die Erlaubnis zum Abspritzen, und es kommt mir in Seinem Arsch. Paul spritzt gleich darauf ab. Wir verbringen fast den ganzen Tag im Bett, nur zum Essen stehen wir auf.

Abends: Paul geht schnell pissen. Im Wohnzimmer sehe ich noch eines der Gläser mit Sekt gefüllt. Paul fordert mich auf, es zu trinken. Plötzlich weiß ich, woher der Sekt kommt, Er lacht. Ich schaue von Ihm zum Glas in meiner Hand und wieder zurück. «Trink!» Meint Er es ernst? Er lacht. «Trink schon, ganz frisch», das warme Glas in meiner Hand. Weder geil noch in einer ausgesprochenen SM-Situation, doch ich kippte die Brühe in mich rein. Warm, zum Schluß durch das Glas schon abgekühlt, scharfer Geruch, dickflüssiger als Wasser, schleimig auf der Zunge. Hinterher ist mir flau im Magen, nicht wegen des Sekts, sondern weil mir die Vorstellung, ihn getrunken zu haben, immer wieder durch den Kopf geht. Gebe Paul einen Kuß. Er ist etwas angewidert, weil mein Bart noch naß ist. Ich kann mich an eine Situation erinnern, in der ich mir Pauls Pisse in den Mund gewünscht hätte. Ich lag auf dem Bett, Paul mit Seinem Schwanz über meinem Kopf. Damals wünschte ich mir, etwas aus Ihm heraussaugen zu können. Doch bis jetzt kann ich nichts Aufgeilendes am Natursekt finden. Im Gegensatz zum Anpissen, das mich, zumindest vor einigen Tagen, ganz schön aufgegeilt hat.

Vorm Einschlafen schnalle ich mir selbst die Füße zusammen, lege ein Halsband an und versuche, in die Handsäcke zu kommen.

06-03-84: Leon

Jetzt schreibe ich, weil es mir scheiße geht, weil ich keinen Boden unter den Füßen habe und weil es mir nach dem Schreiben meistens besser geht. Wenn ich vor diesem Buch nur sitze, merke ich, wie sehr ich Dich liebe, Dich brauche. Laß uns nicht den Mut verlieren, laß uns in unsere Zukunft gehen, auch wenn keine Wohnung in Aussicht ist, die politische Arbeit vorbei ist – wir haben uns beide.

07-03-84: Leon

Wir bekommen unsere Traumwohnung nicht und haben auch keine andere in Aussicht. Wenigstens machen wir uns keine vergeblichen Hoffnungen mehr.

Mache mir Gedanken um Paul, der niemanden mehr an sich heranläßt. Er bricht sämtliche Verbindungen zu früheren Freunden ab. Dabei braucht Er jetzt Hilfe von anderen, von Menschen, denen Er etwas bedeutet, doch Er will nicht. Er zieht alle mit sich hinunter, bis man sich von Ihm losmacht, so sagt er, doch ich will mich nicht losmachen. Was muß sich ändern?

Paul schlug mich heute nacht mit der Gerte, weil ich müde war und mich zu oberflächlich mit Ihm beschäftigt habe. Ich fragte zwischen den Schlägen nach dem Warum, und Er forderte mehr Hingebung. Nach den Schlägen war ich wach, sie machten mich geil, und ich konnte, wollte Paul aufgeilen. Nach Seinem Orgasmus durfte ich mich selbst wichsen. Es ist schöner, durch Pauls Hände zum Orgasmus zu kommen, doch die Pflicht, mich jetzt selbst zu wichsen, macht mich an.

08-03-84: Paul

Seit Tagen geht mir schon der Plan im Kopf herum, wie wir deine maso-Ausbildung fortsetzen können. Nur ist die letzten Tage einfach nicht die richtige Zeit gewesen, es anzupacken.

Der Plan sieht so aus:

An einem Sonntag bekommst du die noch ausstehenden fünfundzwanzig Schläge für Spritzen im Spritzverbot, und zwar mit der Gerte, damit du die Striemen noch bewundern kannst. Dann eine letzte Nacht mit mir, und von Montag bis Samstag früh keinen Kontakt mehr – Pause. Wir werden uns fünf Tage nicht sehen und auch nicht sprechen. Du hast absolutes Spritz- und Anfaßverbot; du darfst deinen Schwanz natürlich auch nicht waschen in dieser Zeit. (Kontakt zu mir wird nur erlaubt, wenn sich etwas mit Wohnungen ergibt.)

Am Samstag früh erscheinst du dann bei deinem Meister, und es beginnt eine Strafwoche (bis Samstag früh), die Wiederholung, bloß noch mit zwei Verschärfungen:
▷ jeden Tag 10 Schläge
▷ jede Nacht am Boden vor dem Bett deines Meisters schlafen

Ansonsten bleibt alles wie schon hier im Buch beschrieben. Du hast in der kontaktlosen Woche Zeit genug, dich vorzubereiten, über deine Rolle nachzudenken und deine Gedanken zu mir und zu unserer Liebe und dem SM ins Buch zu schreiben.

Ein zweites Mal darf dies nicht in die Hose gehen.

Du mußt entscheiden, an welchem Sonntag das Ganze beginnen soll. Sag mir einen Tag vorher Bescheid.

08-03-84: Leon

Vor diesen Sätzen habe ich Angst gehabt, sie aber schon erwartet. Angst, von Paul überfordert zu werden, einem so schnellen Vorgehen nicht standhalten zu können. Ich hätte mir einen langsameren Aufbau meines maso-Ichs vorgestellt. Doch die Entscheidungen liegen nicht bei mir. Vielleicht denke ich nach ein paar Tagen des Nichtabspritzens über diese Strafwoche ganz anders, sehne mich danach.

So, nun zu gestern. Ich war total kistengeil, fühlte als maso, wollte mich Paul unterwerfen. Wieder ein Faustfickversuch. Paul sagte mir, daß nur noch wenig fehlte, es hapert noch an Konzentration und Geduld. Ich müsse einige Tage trockenliegen, um richtig fistfickinggeil zu werden. Es hat mich wahnsinnig gefreut, daß Paul zu mir kam, plötzlich macht es mir wieder Spaß, in meiner Wohnung zu sein. Paul ist gelöster, wir reagieren anders aufeinander als in der WG.

10-03-84: Leon

Ein fürchterlich hektischer Tag, der ganz anders ablief als geplant. Eigentlich wollte ich vormittags arbeiten. Doch Paul rief an, daß wir um drei Uhr einen Wohnungstermin haben. Später bekam ich Besuch, eine Freundin aus meinem früheren Leben.

Paul fuhr wider Erwarten mit zu mir. Er brachte sogar Spielzeug mit, das ich völlig unerwartet im Bett zu spüren bekam.

11-03-84: Leon

Paul beschwerte sich abends bei mir, daß ich heute anders zu Ihm war. Es lag daran, daß ich meine Aufmerksamkeit nicht auf Paul beschränkte, sondern auch auf meinen Besuch. Ich verbrachte den Tag damit, dem Mädchen die Stadt zu zeigen.

Abends unterhielt ich mich mit Ruth und Peter über Paul, der, wie ich mitkriegte, mit dem Gros Seiner bisherigen Welt abschließt. Ich verstehe nicht, warum, Er erzählt auch nicht von sich aus. Wenn ich Ihn darauf anspreche, gibt es schwammige Antworten, was mich enttäuscht, weil ich von Ruth weiß, daß Er sich bei Ihr eindeutiger ausspricht.

Wir haben heute eine Wohnung gefunden und bekommen. Ich freue mich darauf, mit Paul zu wohnen. Ich hoffe, Sein Verhalten wird sich verändern, wenn die Wohnungsfrage erst einmal geklärt ist. Vielleicht kann Er dann wieder anders auf Leute zugehen.

Paul

Denk an mich und lieb mich, auch wenn ich weg bin.
Schläfst du eine Nacht für mich auf dem Boden?

12-03-84: Leon

Wir sehen uns heute die Wohnung noch mal an. Sie gefällt mir bei genauerem Hinsehen immer besser. Ich bin jetzt geistig ständig dabei, sie einzurichten.

Paul fand wieder zu mir. Der Streß der Wohnungssuche, der Besuch am Wochenende, all der Nerv der letzten Wochen zerrte auch an unserer Beziehung.

13-03-84: Leon

Der Positivtrend hält an. Paul wollte heute wegfahren, irgendwohin. Bin neugierig, wann Er wieder auftaucht. Ich vermisse Ihn, vor allem nachts im Bett. Ich stelle mir vor, ohne einen Freund, ohne Meister zu leben. Mir wird bewußt, daß ich ohne Paul nicht leben will. Nicht ohne Seine Gebote. Wenn ich daran denke, ich dürfte einfach meinen Schwanz anfassen, niemand würde mich mehr fesseln und verprügeln, niemand, den ich morgens begrüßen darf... Sachen, die ich im ersten Moment mit Widerwillen und uneinsichtig tue, würden mir fehlen, wenn sie wegfallen. Wenn ich mir mein jetziges Leben ohne Paul vorstelle, wird mir bewußt, wie geil mich die Verordnungen machen, wie sehr sie ein Teil unserer Beziehung geworden sind.

Natürlich schlafe ich für meinen Meister auf dem Boden. Schöner ist es aber, wenn Er dabei im Bett schläft und ich zu Seinen Füßen.

Gehe jetzt zu Bett (Boden) und sehne mich nach Dir!

14-03-84: Leon

Habe die ganze Nacht am Boden von Paul geträumt. Ich hoffe, daß Er heute wiederkommt. Er hatte Zeit, um über die verzwickte Situation und über sich selbst nachzudenken. Ich bin gespannt, was dabei herauskommt.

15-03-84: Leon

Paul hat angerufen, Er kommt abends wieder zurück! Freue mich aufs Wiedersehen, will Ihn in die Arme nehmen, streicheln. Sofort sind meine Gedanken für den Rest des Tages bei Paul.

Wir baden zusammen. Ich bin so geil auf Paul, daß Er mich wichst, als ich mich über die Badewanne lehne. Ich spritze Ihm mein Sperma als «Badezusatz» ins Wasser. Den ganzen Abend kuscheln wir uns zusammen, verbringen die halbe Nacht damit, uns zu streicheln.

16-03-84: Leon

Wie sehr mir Paul in den Tagen fehlte, merke ich auch am Schlafen. Es ist ein viel erholsamerer Schlaf an Pauls Seite. Ich genoß die erste Nacht fest an Ihn gedrückt.

Paul arbeitete fast den ganzen Tag für mich. Er machte Besorgungen, brachte das Auto auf Vordermann. Ich kann das Gefühl nicht beschreiben, das ich empfinde, wenn Paul für das Geschäft arbeitet. Leider wurde der Tag für uns beide durch das THW zerrissen, und wir sahen uns erst nachts wieder.

So gerne ich mit Paul in meiner Wohnung bin, es nervt mich, daß die Spielsachen in seiner Wohnung sind. In unserer neuen Wohnung wird das ja anders. Die Kiste blieb seit einiger Zeit zu – leider. Ich hoffe, das ändert sich bald. Noch immer stehen auch die Strafwochen im Raum.

17-03-84: Leon

Ich habe Paul seit heute morgen nicht mehr gesehen. Jetzt ist es neun Uhr, und Paul läßt nichts von sich hören. Ich wünsche mir, daß Er jetzt zur Tür hereinkommt und ich Ihn in die Arme nehmen kann.

Ich habe immer ein schlechtes Gewissen, wenn ich etwas mache, bei dem Paul nicht dabei ist, fühle mich unwohl, weil Paul sauer reagiert, wenn ich allein etwas unternehme.

18-03-84: Leon

Abends war Paul zu einer Feier eingeladen. Ich fühlte mich heute so gut, nachdem sich Pauls Laune stark geändert hat. Ich packte mich in Lederhose und Jacke, zog mir die Reiterstiefel an und spazierte ziellos durch die Stadt. Ich genoß es, das Leder eng an meinem Körper zu spüren, genoß es, mein Leder offen zu zeigen. Es machte mich stolz, wenn Leute mir nachguckten oder sich umdrehten, wenn ich an ihnen vorüberging. Ich kam mir ein bißchen wie eine Raubkatze auf Beutesuche vor, vor allem am Bahnhof und an der Klappe. Ich überlegte mir, warum ich dort hinging, denn ich hatte nicht die geringste Lust, jemanden anzumachen. Doch das Sichzeigen macht mir Spaß.

Als ich zu Bett ging, kettete ich mich vor dem Einschlafen fest. Ich zog die Ketten so straff, daß ich mich nicht mehr rühren konnte, nicht einmal einen Lichtschalter konnte ich erreichen. Ich schob mir noch den Knebel in den Mund und dachte, daß ich mit ihm nicht so schnell einschlafen würde. Ich wachte auf, als sich Paul liebevoll an mich drückte, die Ketten und die Lederbänder befühlte, die ich mir angelegt hatte. Er schmiegte sich an mich und wichste meinen Schwanz. Seinen Befehl zu spritzen brauchte Er nicht zu wiederholen. Das Leder, die Ketten und Pauls Liebe hatten mich so geil gemacht, daß ich auf Pauls Befehl alles aus mir herausspritzte. Ich war noch gar nicht richtig wach. Ich wichste an Pauls Schwanz, und Er fragte mich, ob ich wohl schon wieder spritzgeil bin. Ich hatte schon wieder einen Ständer. Auf Pauls Befehl hatte ich dann noch mal einen Orgasmus. Wie Paul mir später sagte, hatte ich Seinen ersten Spritzbefehl ganz befolgt, denn bei dem zweiten Orgasmus kam nicht ein Tropfen mehr aus meinem Schwanz.

21-03-84: Leon

Paul zieht die Verschnürung der Ledermaske stramm. Ich tauche in die Welt meiner Gefühle ein. Spüre von der Umgebung nur noch die Fesseln, die mich meiner Bewegungsfreiheit berauben, mich zwingen, mich nur auf mein Inneres, das Leder und Metall an Händen, Kopf und Füßen zu konzentrieren. Die Hand, die ich nicht mehr als Hand fühle, sondern als den Ursprung der Reize in meinem Schwanz.

Die Füße zum Kopf hochgezogen, süchtig darauf warten, was kommt, und schon das Warten genießen. Die Schmerzen an den Handgelenken setzen sich um in Geilheit. Mein Kopf unter Druck in Leder, es spüren, riechen. Ich bitte Paul, mich nicht abspritzen zu lassen, damit ich die Hose mit dem Dildo zum Fernsehen anziehen kann und mich dabei als Pauls maso fühle. Den Zauber, den die Geilheit in mir aufbaut, lange hinausziehen. Angekettet im Bett, den Dildo immer noch im Arsch. Halb Schlaf, halb wach, mein Schwanz pocht, und es kribbelt im ganzen Körper, wenn ich an den Fesseln zerre. Irgendwann kommt Paul. Bin eingeschlafen, aber sofort wieder spitz, als ich die Augen aufschlage. Paul wichst und spielt mit mir. Ich spritze das ganze Bett voll. Paul will genauso fühlen wie ich. Ich feßle Ihn und ziehe Ihm die Gummimaske über. Er kommt auf dieselbe Weise wie ich zum Orgasmus.

22-03-84: Leon

Heute war ich vom Job total kaputt. Der ständige Nerv im Geschäft und immer wieder die Probleme mit Pauls Verhalten zehren an den Nerven. Heute war ich am Boden zerstört. Freue mich auf Paul, vor allem, weil die vorherige Nacht und der Morgen mit Ihm so schön waren. Paul hat sogar Brötchen geholt, und wir frühstückten zusammen.

Der Abend fing genauso gut an, doch bei einem Wortwechsel machte Paul dicht. Redete nicht mehr mit mir, lag nur noch vor dem Fernseher. Ich wollte Ihn von Seiner Trübsal wegbringen, mit Ihm weggehen, doch Er war so zu, daß Er sogar einen zweiten Kuß zum Abschied ablehnte. Es ärgert mich, daß Paul mir mal wieder den Abend versaut, doch schlimmer ist, daß Er sich nicht helfen lassen will, sich selbst isoliert, sogar von mir. Ich ging abends weg und hatte auch einigen Spaß, Er saß allein zu Haus.

Nachts im Bett änderte sich Seine Stimmung wieder. Ich wollte von Ihm als maso behandelt werden und wälzte mich vor Ihm. Ich bat um Spielzeug. Paul machte es offensichtlich an, mich um Spielsachen bitten zu hören, Er wurde auch geil. Er fesselte und knebelte mich. Ich kniete in demütiger Haltung vor Ihm, bis Er mich auf den Boden befahl. Ich bekam die Gerte wieder zu spüren. Dann durfte ich Paul abspritzen lassen. Ich schlief mit Handschellen neben meinem Meister.

24-03-84: Leon

Die allmorgendliche Begrüßung fiel recht ausgiebig aus. Ich hätte noch länger Pauls Steifen lutschen können und Seinen Arsch lekken, was Er sichtlich genoß. Doch wir wollten in die Stadt. Wir rannten den ganzen Vormittag in der Innenstadt rum, kauften Kleinigkeiten.

Ich fasse es kaum, das erste handgeschriebene Buch ist voll. Als ich mit dem Schreiben anfing, dachte ich mir, daß ich diese Seite niemals füllen könnte, und jetzt kann ich auf dieser Seite nicht einmal mehr den Sonntag anfangen, weil er zu umfangreich ist. Bei dieser letzten Seite fällt mir der Wunsch von unserer Seite 100 wieder ein. Vielleicht liest Du Dir meinen Wunsch mal wieder durch, Meister.

Das Buch macht mich ein bißchen stolz. Ich möchte keines der Erlebnisse mit Paul missen und bin froh, sie hier fixiert zu haben.

Zu Beginn des zweiten handgeschriebenen Buchs noch einmal die Liste der maso-Regeln von Anfang der SM-Beziehung:
Liste
▷ jeden Tag in Pauls Buch schreiben
▷ mir nicht an den Sack und Schwanz fassen oder fassen lassen
▷ keine Unterhosen tragen, außer lederne
▷ meinem Meister beim Aufstehen Schwanz, Arschloch und Füße küssen
▷ möglichst nur Leder tragen
▷ angelegte SM-Sachen nicht ausziehen oder verändern
▷ Gerte oder Peitsche nur mit dem Mund anpacken
▷ meinen Meister nach dem Abspritzen sauberlecken
▷ meine eigene Wichse auf- und ablecken
▷ mich sofort entschuldigen, wenn ich etwas falsch gemacht habe
▷ wenn mir mein Meister Schläge verabreicht, laut mitzählen
▷ meinem Meister zur Begrüßung den Schwanz küssen
▷ meinen Meister waschen, wenn Er es will
▷ vor dem Abspritzen um Erlaubnis fragen
▷ mich immer bei meinem Meister bedanken
▷ mein Meister soll mich anpissen, wenn ich Fehler gemacht habe
▷ wenn ich meinen Meister um etwas bitte, mich vor Ihn knien, die Hände auf den Oberschenkeln mit den Handflächen nach oben, den Kopf gesenkt und den Schwanz zwischen die Beine geklemmt (dies ist normalerweise auch die Wichsstellung)
▷ meinem Meister den Körper sauber halten und ihn pflegen
▷ immer erst nach meinem Meister spritzen, wenn überhaupt
▷ meinen Meister mit Seinem Titel anreden
▷ Demut zeigen in allen Bereichen, in Sprache und Verhalten
▷ als maso gehöre ich meinem Meister mehr als mir
▷ der Schwanz an meinem Körper ist Pauls zweiter Schwanz
▷ nie ohne SM-Sachen schlafen
▷ meinen Meister vor dem Einschlafen fragen, ob Er an diesem

Tag mit mir zufrieden war und ob ich bei Ihm im Bett schlafen darf, denn mein Platz ist normalerweise auf der Erde vor dem Bett meines Meisters

▷ nie meinen Meister anlügen und Ihm alles erzählen
▷ meinen Sack und Schwanz und die Umgebung immer glattrasiert halten
▷ nur auf dem Boden sitzen, wenn der Meister dabei ist

25-03-84, Beginn der Strafwochen: Leon

Paul hat recht, wenn Er meint, daß ich vor den Strafwochen doch zu viel Angst habe, um den Anfang selbst zu bestimmen. Die fünfundzwanzig Schläge hielten mich immer wieder zurück.

Es war ein sehr ausgeglichener Sonntag. Wir fuhren spazieren in die Natur. Später verzogen wir uns ins Bett. Plötzlich sagte Paul, daß Er heute mit den Strafwochen beginnen wolle. Aus war es mit meiner Geilheit, die Angst vor den fünfundzwanzig Schlägen übertönte alle anderen Gedanken. Selbst als ich Paul wichste und Er mir ins Ohr stöhnte, war mein Schwanz klein, und ich war nicht ein bißchen geil. Paul zog die Kissen und Decken vom Bett, befahl mir, mich auf den Bauch zu legen, und «spannte» mich mittig aufs Bett. Er legte mir ein Handtuch unter den Kopf, damit ich nicht das Laken vollsabbere. Den Knebel im Mund schnallte Er straff am Hinterkopf fest.

Ich hatte keine SM-Gefühle mehr, ich stellte das ganze Verhältnis in Frage, konnte überhaupt nicht mehr verstehen, wie andere SM praktizieren können. In mir nur die Angst vor den Schlägen, der absolute Unwille, die Schmerzen zu ertragen. Ich sehe nur noch die Sinnlosigkeit der Situation, das grausame Ritual, das ich nicht will und gegen das ich mich mit allen Mitteln wehre. Paul stellte sich aufs Bett und stemmte Seinen Fuß auf meinen Rücken, so daß ich mich nicht aufbäumen konnte. Die ersten Schläge prasselten auf mich, und nach dem fünften Schlag konnte ich nicht mehr weiterzählen. Ich schrie, wie ich noch nie geschrien habe. Paul nahm mir den Knebel aus dem Mund und fragte, was los sei. Ich bat Ihn aufzuhören, Schluß, Ende. Doch die Gerte sauste wieder durch die Luft, von der Drohung gefolgt, wenn ich nicht stillhalte, würde Er von vorn anfangen. Irgendwann hörte ich die Zahl zwanzig. Mir wurde bewußt, daß ich vor Schmerzen gar keine Schläge mehr gespürt hatte. Die ersten fünf und der zwanzigste waren die einzigen Hiebe, die ich bewußt mitbekommen habe, dazwischen nur Schmerz. Irgendwann dachte ich, warum Er wohl nur auf meine rechte Seite eindrischt. Die letzten fünf nach dem zwanzigsten Schlag lag ich nur apathisch da, sie verursachten keine bewußten Schmerzen mehr, ich war betäubt.

Paul verließ das Zimmer, ohne mich loszuschnallen. Ich war froh darüber. Hätte Er mich sofort nach dem letzten Schlag losgebunden, wäre ich wortlos aufgestanden und hätte die Wohnung verlassen. Jetzt kamen meine Gefühle langsam wieder. Ich war fähig, den Schmerz auf meiner Haut zu genießen, spürte die Liebe zu Paul wieder ganz stark, ein Druck war von mir genommen. Ein Gefühl, das ich nicht beschreiben kann, das Gefühl eines masos nach dem Schlagen, vielleicht Stolz? Nein, das ist der falsche Ausdruck, ein Gefühl des Besessenwerdens, Seinem Meister gefallen zu haben.

Paul kam wieder und band mich los. Zu Seiner Verwunderung stellte Er fest, daß ich einen steifen Schwanz hatte. Er wollte mich wichsen, doch ich bat ihn, mich erst noch mal zu schlagen. So stark war mein Gefühl nach dieser Tortur, daß ich Nachschlag wollte. Die Gerte sauste mit aller Kraft noch dreimal auf meine Haut, ich genoß jedes Zischen.

Paul brauchte sich nicht lange abzumühen, schon bald platzte mein Sperma aus meinem aufgegeilten Schwanz.

Den Abend «schenkte» Paul mir.

26-03-84, 2. Tag der Strafwochen: Leon

Ich darf nun Paul eine Woche nicht sehen, nicht sprechen. Überlege mir, für wen von uns beiden das wohl die größere Strafe ist? Doch heute vermisse ich Paul am stärksten. Ich denke daran, wie schön es wäre, nach allem Nerv im Geschäft jetzt zu Ihm zu fahren und mich zu Paul ins Bett zu kuscheln.

27-03-84, 3. Tag der Strafwochen: Leon

Ich ertappe mich dabei, daß ich mir ganz automatisch überlege, Paul einfach anzurufen, um Seine Stimme zu hören.
    Abends vorm Fernseher habe ich mir dann so viel Sekt hineingeschüttet, daß ich schnell einschlafe.

28-03-84, 4. Tag der Strafwochen: Leon

Der Mittwoch, auf dessen Nachmittage ich mich immer gefreut habe. Doch heute, was soll ich alleine in der Stadt? Ich lasse mir beim Mittagessen Zeit. Die Sachen fürs Geschäft sind schnell erledigt. Dann spaziere ich ziellos umher, ziellos und sinnlos, um nur nicht nach Hause zu fahren. Als ich zu Eduscho gehe, vermisse ich Paul noch mehr. Alles in diesem Laden erinnert mich an Ihn. Ich könnte in fünfzehn Minuten die Wohnung erreichen und Ihn sehen, doch ich darf nicht! Schließlich ziehe ich mir einen Kinofilm rein, überlege, ob ich auf die Klappe gehen soll. Sinnlos, es ist bestimmt nichts los, und wenn, darf bei mir ja eh nichts ablaufen. Ich halte noch am Bahnhof, schlendere durch die Hallen, schmökere in Zeitschriftenläden, nur, um die Zeit totzuschlagen. Der Nachmittag war so sinnlos. Ich rufe eine Freundin an, mit der ich mich für morgen verabrede.
    Ich wache nachts auf und kann nicht mehr einschlafen. Wie er-

geht es wohl Paul? Welche Gedanken mag Er sich machen? Ob Er wohl Angst hat, daß ich am Samstag bei Ihm einfach nicht mehr erscheine?

Mit fliegt alles im Kopf hin und her. Ich drehe mich auf den Bauch und fühle einen steifen Schwanz zwischen Haut und Laken. Ich reibe meinen Schwanz an der Decke. So aufgegeilt, schlafe ich wieder ein.

29-03-84, 5. Tag der Strafwochen: Leon

Ich stehe so ungern auf wie lange nicht. Komme mir total zerschlagen vor.

Der Zahnarzttermin läßt den Vormittag schnell vergehen. Der Nachmittag vergeht auch schnell. Abends fahre ich zu Usch, mit der ich mich gestern verabredet hatte. Sie ist natürlich nicht pünktlich zu Hause. Ich denke an die Zeit meiner ersten schwulen Tage, an denen ich oft in dieser Situation steckte. Damals besuchte ich auch oft Usch, und sie war noch nicht daheim. Ich spazierte ziellos in der Stadt umher, ich kannte doch noch niemanden, und in die Sub wollte ich um diese Zeit noch nicht. Die gleiche Situation wie heute abend, nur daß ich mittlerweile Leute kenne, die ich jedoch nicht besuchen kann. Ich fahre durch die Straßen, bis mir bewußt wird, wohin ich automatisch lenke. Ich stehe unter Pauls Fenster, sehe Licht, weiß, daß Er da ist, und ich darf Ihn nicht sehen. Doch allein das Wissen, wo Er jetzt ist, der geringe Abstand zu Ihm beruhigt mich. Das Gefühl, nicht allein zu sein.

Die Nacht bei Usch vergeht rasend schnell. Wir reden über meine Beziehung zu Paul, über Ihn selbst. Die ganze Nacht dreht sich um Schwules. Trotzdem ich Usch so selten sehe, hat sich unsere Freundschaft nicht geändert, wir bringen uns vielleicht sogar gegenseitig mehr. Ich übernachte bei Usch, um nicht allein in meiner Wohnung schlafen zu müssen.

30-03-84, 6. Tag der Strafwochen: Leon

Der letzte Tag ohne Paul. Ich ziehe es vor, wochenlang von Ihm täglich geschlagen zu werden, als ohne Kontakt zu Ihm zu leben. Jetzt wird mir klar, was es bedeutet hätte, wenn Paul nach Hamburg gezogen wäre. Ich brauche Ihn, und es gibt keinen Ersatz.

Hoffentlich klappt es mit Samstag!

Das miese Gefühl, das ich im Geschäft habe, ist unerträglich. Ich wünsche mir Pauls Nähe, damit Er mich aufbauen kann, mir sagt, was ich machen soll und daß der ganze Mist sich bald zum Guten oder wenigsten zum Klaren wendet.

Anfang der Woche habe ich mich ein bißchen geärgert, weil ich kein Spielzeug mitgenommen habe. Ich stelle jetzt fest, daß es ganz gut so ist. Ich hätte bestimmt ständig damit rumgemacht und in meiner Geilheit vielleicht abgespritzt. Ich will, daß diesmal nichts mehr schiefläuft, zumindest nichts, was ich verschulde.

Paul

Was ist ein S ohne seinen m?

Ich zähle die Stunden bis zum Wiedersehen, Wiederanfassen, Wiederspüren, Wiederlieben. Noch sechs Stunden ...

Ich liebe meinen m, könnte ich ihn sonst eine Woche bewußt nicht sehen, anfassen, spüren, lieben? Noch sechs Stunden ...

Nicht nur jeder Schlag, auch jede Trennung bringt uns näher, eigentlich komisch, aber wer kann Liebe erklären?

Ich habe Seite 100 noch einmal gelesen, und ich werde mir deinen Wunsch in den Kopf einmeißeln: «Sei fair und gib mir ein bißchen Nachsicht, auch wenn du schlecht drauf bist. Bleib lange bei mir.»

Ja, das möchte ich dir geben, und ich versuche verstärkt, in Schlecht-drauf-Situationen an mir zu arbeiten.

Ich habe dich nicht vermißt, ich habe ohne einen Teil von mir gelebt.

Laß uns diese Zeit genießen, in vollen Zügen, auch die jetzige Strafwoche.

Jetzt schlafe ich ein paar Stunden und träume von dir.

Leon

Nach dem THW bin ich total scharf auf Leder. Ich ziehe mir, noch im Auto auf einem Parkplatz, meine Lederhose an. Ich trage die Jacke ohne Hemd.

In der Sub werde ich angeglotzt, von einem Typ sogar befingert. Doch ich merke, daß die Leute Abstand zu mir halten, vielleicht sogar Angst haben.

Obwohl ich als einziger Leder trage, genieße ich es, die Festigkeit des Materials zu spüren. Die gegerbte Haut klebt an meinem verschwitzten Körper. Ich bin stolz auf mich.

Ich schlafe im Wohnzimmer. Paul ist schon zu Bett. Kurz nach Mitternacht werde ich wach. Ich merke ein Kitzeln an meinen Füßen. Paul ist im Zimmer, nimmt mich an der Hand und bringt mich in Sein Bett. Endlich darf ich Paul wieder spüren, ich fühle Seinen Körper, wie ich ihn noch nie gefühlt habe. Was vorher eine liebe Gewohnheit war, erlebe ich jetzt als etwas Einmaliges. Es ist, als wenn ich Paul das erste Mal spüre. Ich streichle und wichse Paul und habe dabei das Empfinden, Ihn schon sehr lange zu kennen.

Paul spritzt ab, und befriedigt schlafe ich in den Armen meines Meisters wieder ein.

31-03-84: Leon

Morgens rappeln wir uns hoch. Ich hole Brötchen, und wir frühstücken. Danach wieder THW. Erschöpft komme ich zurück. Ich bereite mich im Kopf auf die Schläge der nächsten Tage vor. Es sind ja siebzig Stück!

Nach dem Abendessen baden wir gemeinsam. Ich lese Paul erst einmal die Liste vor und bitte Ihn dann, mir die Schläge zu geben. Ich bekomme sie diesmal ohne Fesseln und Knebel. So fällt es mir besonders schwer stillzuhalten.

Den Rest des Tags, eigentlich den Großteil des ganzen Tags, verbringe ich damit, Paul zu wichsen. Er spritzt viermal ab. Ich lege mich vor Pauls Bett, meine Beine zusammengeschnallt, das Halsband ans Bett gekettet.

April

01-04-84: Leon

Ketten üben eine Faszination auf mich aus. Verschweißte, starke Glieder aus kaltem Material. Paul wälzt sich auf dem Bett, reckt mir Seinen Arsch entgegen. Am ganzen Körper Gänsehaut, Sein Loch so geweitet, daß ich ohne Schwierigkeiten meine Finger hineinstecken kann. Paul dreht sich auf den Bauch, Hände gefesselt, der Hals ist an der Bettkante fixiert. Ich knie zwischen Seinen Beinen und visiere das zuckende Loch an. Mein Daumen im Loch, die Finger an Pauls Sack, massiere ich Seinen Darm. Ich stopfe mir eine Kette in die Lederhose, um sie anzuwärmen. KY auf die Rosette geschmiert, drücke ich Paul die Kette Glied um Glied in den Arsch. Ich drehe Seinen Körper auf den Rücken, spiele mit dem Kettenende, schlinge es Ihm um den Schwanz. Pauls Eichel ist feucht, doch ich spare Seinen Schwanz bei meinen Berührungen aus. Glied um Glied ziehe ich die Kette aus dem Loch, und Paul quittiert jedes Stück mit einem Stöhnen. Aus Seinem Schwanz tropft es, das Laken darunter ist schon feucht. Ich wichse Pauls Schwanz, der mir steif entgegenzuckt. Die andere Hand krallt sich in die angespannten Oberschenkelmuskeln. Paul befiehlt mir, Ihn abspritzen zu lassen. Ich widersetze mich Pauls Befehl, setze mit dem Wichsen aus. Immer wieder stöhnt Paul kurz vor dem Orgasmus, biegt Seinen Körper, um abzuspritzen. Er liegt ganz still, kein Stöhnen, keine Wichsbefehle – «Es kommt» durchzuckt es Pauls Körper. Er krümmt sich zusammen, zuckend spritzt es aus dem Schwanz.

Nach dem Essen bei Freunden. Ich habe etwas zuviel getrunken, bin nicht geil, sondern schrecklich müde. Doch es stehen für heute noch das Vorlesen und vor allem die Schläge aus. So ungeil, fällt es mir schon schwer, Paul die Liste vorzulesen. In mir bäumt es sich auf, als ich Ihn um die Schläge bitte. Mich baut zwar der Schlag auf, den Paul mir gibt, weil ich nicht unterwürfig genug bitte, doch allein der Gedanke an die folgenden Schläge spaltet mein Ich.

Auf dem Fußboden kniend, den Arsch in die Höhe gereckt, zerreißt es mich fast vor Widerspruch in mir selbst. Wenn mich Paul spontan schlägt, so wie vorhin, empfinde ich es als geil, auch die Schläge, die Paul mir gibt, wenn ich geil bin. Doch die Prügel in der Strafwoche sind ganz anders. Sie haben zwar mit meiner/Seiner Geilheit zu tun, aber über tausend Ecken. Aber ich bin und bleibe ungebrochen. Meine Befürchtungen am Anfang unserer SM-Spielchen, daß mich Paul zerschlägt, mein Bewußtsein vernichtet, treten nicht ein. Jetzt macht mir jedoch diese eigentlich positive Eigenschaft Schwierigkeiten. Ich will mich schlagen lassen, doch das Gefühl hinkt hinterher.

Paul gestattet mir keinen Knebel. Die ersten Schläge treffen meine Haut. Ich krieche vor Paul, will Ihn bitten aufzuhören. Er schlägt weiter, und ich brülle aus mir heraus. Es regiert nur noch mein instinktiver Selbsterhaltungstrieb. Ich donnere die Handschellen auf den Boden. Meine Umwelt wird mir nur noch ganz dumpf bewußt. Nach dem Achten verbeiße ich mich aus einem Reflex heraus in Pauls Bein. Mir wird bewußt, was ich tue, und ich falle heulend vor Seine Füße, um sie zu küssen. Apathisch recke ich Ihm meinen Arsch entgegen und zähle laut den Neunten und Zehnten. Nehme kaum noch wahr, daß mir Paul eine Decke auf den Boden wirft. Ich schlafe erschöpft ein, wache jedoch bald durch gräßliche Alpträume auf. Hoffentlich hat die Nacht bald ein Ende.

02-04-84: Leon

Paul holt mich ins Bett und kümmert sich um mich. Ich habe zuerst Schwierigkeiten, zu Ihm zu finden, doch dann brennt Seine Liebe wieder in mir. Kam mir «geschlagen» vor, trifft ja heute zu. Meine heutige Strafe ertrage ich leichter. Ich esse mit Paul zu Abend. Im Bett mache ich Paul erst mal geil. Er schnürt meinen Kopf in die Ledermaske. Zeigt mir, wie Er sich die Haltung vorstellt, wenn ein maso um Seine Schläge bittet. Heute habe ich genauso viel Angst vor den Schlägen wie gestern, doch der Reiz ist da, so ertrage ich die Tortur leichter. Paul gibt noch einen zur Belohnung drauf. Dann nimmt Er die Peitsche, um mir zwei zu verabreichen, weil ich gestern vergaß, Ihm zu sagen, was ich für die Nacht anlegen wollte. Paul fesselt mich mit meiner Lieblingskette. Ich genieße es, Ihm damit die Gänsehaut auf den Rücken zu kitzeln. Ich halte Ihn lange am Rand des Orgasmus. Immer wieder setze ich aus, um Ihn nicht abspritzen zu lassen. Er soll meinen Körper benutzen, um sich aufzugeilen. Ich widersetze mich sogar Seinem Befehl, Ihn kurz vor dem Orgasmus weiter zu wichsen. Dann spritzt es doch aus Paul heraus. Heiß platscht die Wichse auf meine Hand, die ich säuberlich ablecke. Zum Einschlafen verkrieche ich mich auf den Boden. Paul fesselt mich ans Bett.

03-04-84: Leon

Heute fahre ich mit Paul aufs Land. Wir sind den ganzen Tag unterwegs.

Irgendwie habe ich jeden Tag ein dumpfes Gefühl, solange ich nicht geschlagen worden bin. Auch Paul ist immer erleichtert, wenn Er mir meine Schläge gegeben hat. Ich glaube, wir haben uns vielleicht mit den Strafwochen zuviel zugemutet. Die Geilheit hängt halt doch den Schlägen hinterher. Ich denke daran, wie geil es sein müßte, wenn Paul mir spontan ein paar über den Arsch knallt, wenn ich etwas falsch gemacht habe. Ich würde bestimmt absichtlich solche Situationen provozieren, zum Beispiel mir an den Schwanz fassen, um mir ein oder zwei Schläge überdonnern zu lassen. Doch jetzt trau ich mir keine Provokationen mehr zu. Eine Tortur von zwanzig Schlägen und mehr ist einfach zu viel, um sich sofort daran aufzugeilen. Ich werde mir bestimmt nicht mehr unerlaubterweise an den Schwanz fassen, dazu sind die Folgen zu drastisch.

Abends befiehlt mir Paul, allein in Sein Zimmer zu gehen, um mich auf die Schläge vorzubereiten. Ich soll mir die Ledermaske umschnüren und auf dem Boden kniend auf Ihn warten. Durch ein kurzes Zischen und stechenden Schmerz an meinem Arsch spüre ich, daß Paul im Zimmer ist. Ärgerlich will Er von mir wissen, wie lange Er noch auf mein Bitten um Schläge warten müsse. Ich hab Ihn doch nicht bemerkt. Ich bitte Ihn, so, wie Er es sich vorstellt, um die Schläge. Sie sausen auf meinen Arsch, der schon ganz verschwollen ist und mit blauen Flecken übersät. Hoffentlich eitert es nicht. Doch nicht genug, ich bekomme noch mit der Peitsche einige übergezogen, damit ich mir endlich das Bitten merke. Paul führt mich zum Bett. Er will gewichst werden. Er zieht mir zur Ledermaske noch eine aus Gummi über den Kopf. Paul spritzt aus sich heraus. Ich darf die Maske abnehmen. Wieder eine Nacht vor Pauls Bett.

04-04-84: Leon

Mittwoch! Es ist erst einmal vorbei mit den Schlägen. Trotzdem wagte ich heute Paul zu provozieren, um vielleicht ein paar überzukriegen. Als ich aufwachte, schimpfte ich Paul eine trockene Pflaume, weil Er so faul im Bett lag. Ich wäre heute gern mit Ihm ins Geschäft. Doch Paul beschwerte sich nur über den Ton, in dem ich mit Ihm redete. Auf die Idee, die Gerte zu gebrauchen, kam Er nicht. Er pennte gleich wieder ein.

Nachmittags sind wir ständig auf den Beinen. Wir sehen uns noch mal unsere Wohnung an und erledigen einiges in der Innenstadt. Ich gehe mit Paul zum Friseur. Nach dem Abendessen legen wir uns hin. Ich streichle Paul den ganzen Körper, bis Er total geil ist. Er verspricht mir heute, Seinen Schwanz nicht mehr anzufassen. Ich bitte Ihn um die Schläge, die Er mir auch verabreicht. Ich genieße es, Paul geil zu machen, ohne Ihn an den Schwanz zu fassen. Er bekommt einen Ständer ohne Berührung. Paul wichst meinen Schwanz, steckt ihn sich in den Mund, beißt mich am ganzen Körper. Jetzt kann ich nicht mehr, ich muß Seinen Schwanz anfassen, ich wichse Paul immer wieder bis kurz vor den Orgasmus. Er schaut mich an, Seine Pupillen so groß, daß ich die Iris gar nicht mehr sehen kann, und es platzt aus Seinem Schwanz. Erschöpft lecke ich Seinen Bauch sauber. Wieder das befriedigende Gefühl in mir, als hätte ich selbst meinen Abgang gehabt. Decke auf den Boden, heute schlafe ich mit Knebel, Handsack und Halsband. Paul muß mich zudecken, weil ich die Hände nicht gebrauchen kann.

05-04-84: Leon

Heute geht ja der Abend gut an! Paul ist etwas überrumpelt, der Umzug, die Renovierung der Wohnung soll am Wochenende beginnen. Aus dieser Situation heraus faucht Er mich an. Als ich mich zur Wehr setze, ist Paul mal wieder zu. Das ständige Gemoser machte mich sauer. Erst als ich begann, Paul den Rücken zu massieren, wurde mir und Ihm wohler. Er entschuldigte sich sogar bei mir. In dieser Situation hätte ich mich nicht von Paul schlagen lassen können. Doch es lief ganz gut. Paul band mir Hände und Füße mit Lederriemen aneinander und stopfte mir den Knebel zwischen die Zähne. Bevor Er mit dem Schlagen anfing, warf Er mir noch eine Decke über den Kopf. Ich war dankbar dafür, obwohl ich darunter fast erstickte. Unter der Decke konnte ich lauter schreien, es hörte mich keiner. Todmüde mußte ich mir noch mein Spielzeug zum Schlafen aussuchen. Ich entschied mich für die alten Handschellen, Hundehalsband und ein Eisen zwischen den Beinen. Ich schlief sofort vor Pauls Bett ein.

Doch bald war es aus mit der Ruhe. Ich wachte vor Kälte auf. Mein ganzer Körper fror, weil die Kälte durch das geöffnete Fenster auf den Boden drang, es zog. Ich richtete mich auf, und als Paul fragte, was los sei, erzählte ich es Ihm. Er war aber nicht gewillt, mich loszueisen, geschweige ins Bett zu lassen. Entmutigt legte ich mich wieder flach. Dann kam ich auf die Idee, mich zusammengekauert hinzusetzen, was mir große Schwierigkeiten bereitete. Wegen der Kette, mit der ich ans Bett geschlossen war, und wegen der Handschellen brauchte ich lange, um mich aufzurichten und einzumummeln. Es klapperte ständig Eisen an mir, bis ich wie ein Indianer in der Decke vor Pauls Bett saß. Dann schlief ich ein. So war es erträglich warm, aber die unmögliche Stellung ließ mich immer wieder hochfahren, mein Hals schmerzte. Um fünf Uhr durfte ich zu Paul ins Bett.

06-04-84: Leon

Nach meinem kurzen Schlaf fuhren Paul und ich ins Geschäft.

Der Abend verlief ganz anders als geplant. Ich sollte zum THW und wollte anschließend zu Paul in die Stadt fahren. Doch schon beim Abendessen war mir komisch. Alles war so weit weg, als wenn mich alles gar nichts anginge. Mein Kreislauf brach zusammen. Kurz vor Mitternacht wachte ich dann auf. Meine Mutter sagte mir, daß ich total weg gewesen war. Ich rief Paul an und fuhr mit wackeligen Knien zu Ihm. Noch nicht klar, wie ich die Schläge heute verkraften sollte, gingen wir beide zu Bett.

Das Größte, Paul schenkte mir den letzten Straftag. Weder mußte ich Schläge einstecken noch auf dem Boden schlafen. Ich durfte mich einfach zu Paul ins Bett legen und schlief schnell ein.

Ich bin mir nicht klar, ob Paul mir den Tag geschenkt hat, weil ich zusammengeklappt bin oder weil ich die Strafwochen zu Seiner Zufriedenheit geschafft habe.

07-04-84: Leon

Die nächsten Tage werde ich wohl weniger zu schreiben haben. Zwar wird nicht weniger passieren, und ich werde Paul auch nicht weniger lieben, doch der Umzug steht bevor, und wir müssen viel in der neuen Wohnung renovieren.

Wir schlafen lange, frühstücken und verbringen den Tag damit, die neue Wohnung auszumessen und erste Einkäufe zu tätigen.

Paul ist richtig fürsorglich. Es ist schön, Seine Hände wieder am Schwanz zu spüren, durch Ihn zum Orgasmus zu kommen. Obwohl ich die Geilheit in meinen enthaltsamen Tagen auch genoß, wurde sie einige Male zur Qual. Paul soll Seinen Maso ruhig ab und zu mal trocken halten. Ich bin dann mehr darauf aus, meinen Meister hochzubringen und möglichst geil abspritzen zu lassen.

Mai

08-05-84: Leon

Mai! Der letzte Eintrag liegt tatsächlich schon so lange zurück. Die Arbeit in unserer Wohnung, der Umzug, all das kostete zu viel Kraft, um noch ans Schreiben zu denken. Paul war nervlich nicht weniger angespannt als ich. Zum Glück ist jetzt der größte Teil der Arbeit vorbei. Paul richtet gerade das Spielzimmer ein. Trotz der Renovierungsarbeiten «lief» in diesem Zimmer auch schon einiges. Das schwarze Zimmer blieb beim Einrichten bis zum Schluß übrig. Es diente als Abstellraum, Werkzeugkammer etc. Es fehlen noch die Balken und etliche Wandhaken, aber die Ketten blitzen schon an der Wand!

Paul ist heute unheimlich eifrig beim Einräumen. Wahrscheinlich auch deswegen, weil wir heute ein geiles Angebot bekommen haben: Ein gemeinsamer Freund kam auf uns zu. Einer seiner Bekannten mit wenig Erfahrung mit Männern, aber Phantasien von großen Schwänzen und Schlägen auf den Arsch, will Kontakt zu uns. Er hatte auch gleich Bilder dabei. Der Typ ist um die Dreißig und sehr gutaussehend. Paul macht mit ihm gleich ein Date aus, und wir können nur abwarten, ob er kommt.

In meinem Zimmer steht eine rosa Rose, von meinem Liebsten. Wenn Paul so etwas schenkt, bedeutet mir das sehr viel.

Heute nacht wäre mir fast der Schwanz geplatzt. Paul zog mir einen engen Metallring darüber. Mein Ding schwoll ganz prall an. Zuerst war es ein geiles Gefühl, so einen riesigen Schwanz zu haben, doch er fühlte sich ganz kalt an und begann violett anzulaufen. Mit viel Babyöl und kräftigen Zerren gelang es uns, den Ring herunterzukriegen. An nächsten Morgen hatte ich Blutergüsse.

09-05-84: Leon

Der Mittwochnachmittag verging mit dem Einkaufen von Balken, Haken, Gittern und einer Metallplatte fürs Bett. Nachts durfte ich, in eine Kopfmaske eingebunden, bei Paul im Bett schlafen.

11-05-84: Leon

Ich schlafe jetzt regelmäßig, an Händen und Füßen angekettet, an Pauls Fußende. Wenn Er mich nicht ankettet, lege ich mir selbst Schlösser an, so abhängig bin ich mittlerweile von diesem Ritual.

13-05-84: Leon

Endlich steht der Balken im Spielzimmer. Der Raum sieht toll aus! Ich werde schon geil, wenn ich den Raum betrete. Paul will den Balken sofort ausprobieren und kettet mich zwischen das Holz. Ich sehe mich im Spiegel, die Arme nach oben gekettet, die Beine auseinandergespreizt.

14-05-84: Leon

Schon wieder Nerv. Eigentlich wollten wir ausgehen. Doch als ich noch schnell das Licht über dem Spiegel im Bad installieren wollte, spielte Paul am Schalter. Es gab einen Kurzen und mir einen Schlag. Ich war so erschrocken, daß ich Paul anbrüllte. Erst dachte ich, Er wolle sich entschuldigen, aber Er hatte gleich eine Ausrede parat. Ich wünsche mir, daß Paul lernt, wenn Er Mist gebaut hat, dies auch zuzugeben.
    Als ich ins Bett ging, drückte sich Paul an mich, ich merkte, daß Er sich so entschuldigen will. Nur, was ist schlimm daran, eine

Entschuldigung auszusprechen? Auf mich macht das mehr Eindruck als Entschuldigungen «unter der Hand».

15-05-84: Leon

Paul steht heute mit mir auf. Wir fahren ins Geschäft. Ich find es immer noch toll, mit Paul im Geschäft zu sein.

Paul

Du kannst ja hiernach weiterschreiben! Aber erst mal muß ich etwas zu den letzten Eintragungen schreiben.

Es ist einfach toll, wie du dir Gedanken machst über mich und meine Handlungsweise in Verbindung mit meinen Problemen. Ich habe mich beim Lesen sehr wohl gefühlt. Die Hauptschwierigkeit bei mir ist, daß ich mich nicht gleich entschuldigen kann für den Mist, den ich gebaut habe. Das hast du richtig beschrieben. Natürlich hab ich beim Schalter nicht daran gedacht, was mit dir passieren könnte. Also noch mal: Es tat und tut mir leid. Du hast an dem Abend gesagt, du möchtest nur einmal erleben, daß ich sage: «Es tut mir leid.» Da muß ich protestieren, da ich das schon öfter gesagt habe. Ich betone dies deshalb, weil es mir so schwerfällt.

Außerdem hab ich dich unheimlich gern, gerade gestern und heute morgen hab ich mich mollig warm bei dir und in der Wohnung gefühlt. Mein «Vereisen» hängt aber nicht nur mit der Unfähigkeit zusammen, auf Kritik zu reagieren, sondern wird sehr verstärkt durch meine Perspektivlosigkeit. Und wenn du bei der Herrichtung der Wohnung dann auch noch alles besser kannst als ich, fördert das nicht gerade das angeknackste Selbstbewußtsein.

Aber jetzt geht es mit unserer Ausbildung voran. Durch die neue Wohnung habe ich viel mehr Lust, in das Spielzimmer zu gehen. Ich küsse dich, maso, und denk an dich. Dein Meister

16-05-84: Leon

Tolles Gefühl, wenn mein Meister mir so etwas schreibt. Ich glaube, wir sind in unserer gemeinsamen Zeit ganz schön «zusammengewachsen», deshalb tut es mir auch so weh, wenn Paul Frust hat. Ich habe aber auch gelernt, daß es bei Ihm nicht so einfach mit: «Komm, ist ja alles gut!» und: «Schluck es runter!» abläuft. Damit werden keine Probleme gelöst.

Aber weiter zum Dienstag:

Ich fuhr mit dem Zug in die Stadt. Paul holte mich vom Bahnhof ab. Heute sollte ja der Typ kommen, doch irgendwie kam bei uns beiden keine Stimmung auf. Die Zeit war einfach zu kurz, um sich richtig auf das Kommende einzustellen. Paul beschloß, ihn doch nicht gleich ins Spielzimmer zu bringen, wie geplant, sondern erst einmal zu reden. Der Typ war in allem sehr unsicher, was ich ihm in seiner Situation nicht verdenken konnte. Es wäre beinahe auch beim Quatschen geblieben, wenn ich nicht einfach ins Spielzimmer gegangen wäre und mich hergerichtet hätte. Für Peter ging es jetzt zu schnell ab. Ich kann mir vorstellen, daß ich an seiner Stelle auch wenig «hochgekriegt» hätte. Ich band ihm erst mal den Kopf in die Ledermaske mit Mundöffnung. Als Paul kam, hing Peter schon am Balken, total ängstlich, was nun mit ihm geschehen sollte. Ich streichelte seinen Körper, während Paul ihm Fußeisen anlegte. Nach Peters Bitte legten wir ihn dann doch aufs Bett. Er ist total geil auf Schwänze in seinem Arsch. So stieß ich die meiste Zeit abwechselnd meinen und den Gummischwanz in sein Loch. Paul lag daneben und wichste. Doch die Fesseln, die Maske und alles Unbekannte ließen Peter nicht hochkommen. Eigentlich wurde er erst ein bißchen geil, als er befreit vor mir lag und meinen Schwanz zu fassen bekam. Er stopfte sich den Ständer in den Mund und bekam gar nicht genug davon. Doch wir hatten mit ihm falsch begonnen, zu viel von ihm verlangt. Die große Geilheit kam weder bei ihm noch bei uns. Ich durfte mit Pauls Erlaubnis die Gerte bei Peter ausprobieren. Vielleicht wird es nächstes Mal besser.

Als Peter weg war, wurde ich total geil auf meinen Meister. Bald hing Paul am Balken mit großem Schwanz, geknebelt und so geil wie ich. Ich zog Paul ein paar mit der Gerte über. In mir war alles heiß, ich wollte Paul behandeln, schob Ihm im Stehen meinen Schwanz in den Arsch, ging um seinen Körper herum, genoß es, vor Ihm zu stehen, zu wichsen und zu beobachten, wie Sein Schwanz vor Geilheit pochte. Ich spritzte Paul an. Meine Wichse lief an seinen Oberschenkeln hinunter. Schnell befreite ich meinen Meister und wichste Ihn auf dem Bett weiter. Einmal spritzen reichte meiner Geilheit nicht, nach Paul spritzte ich noch mal ab.

Mir wird bewußt, das S und m nah beieinanderliegen. Ich dachte, als ich mit SM anfing, ganz maso zu sein, doch jetzt sehe ich die andere Seite in mir. Die andere Seite? Es sind, glaube ich, keine Gegensätze.

Heute, am Mittwoch, gibt es wenig zu schreiben. Wir verbummelten den Nachmittag in der Stadt. Geschlafen habe ich mit Ketten an Händen und Füßen. Ich bin für solche Nächte jetzt wesentlich abgehärteter. Es macht mir nichts mehr aus, so eingeengt zu schlafen.

17-05-84: Leon

Meine Zimmergestaltung zieht sich doch sehr lange hin.

Peter hat angerufen, daß er die nächsten Tage nicht kommen kann. Er hat sich Gedanken über unsere Spielchen gemacht und glaubt, daß es ihm mit der Zeit auch gefallen würde, härter angepackt zu werden. Wenn er überhaupt noch mal kommt, müssen wir ihn langsam aufbauen. Vielleicht einige Male ganz ohne Spielzeug was mit ihm machen und dann langsam steigern. Ich denke daran, wie es bei mir mit Paul war. Erst mal war ich damit zufrieden, mit Paul zu wichsen, doch nach einigen Nächten sehnte ich mich danach, daß Paul die Kiste aufmachen würde. Nach einigen Spielchen mit Handschellen wollte ich mehr. Ich kann mir vorstellen, daß es bei Peter auch so ablaufen sollte.

19-05-84: Leon

Paul fährt mit mir ins Geschäft. Tolles Wetter und Paul in meiner Nähe. Nachmittags trödelten wir in der Wohnung herum. Paul wird gepflegt, der Bart gestutzt. An meinem Zimmer machen wir wenig, Paul ist «kistengeil». Ich feßle Ihn ans Bett, was sich sofort an seiner Schwanzgröße bemerkbar macht. Ich schnüre seinen Schwanz in Leder ein und wichse Paul, bis es aus Ihm herausplatzt.

Ich merke, daß das Schreiben immer noch Schwierigkeiten macht. Ich sollte das Spiel mit Paul viel ausführlicher beschreiben, doch es liegt zu weit zurück, und die Wohnung hängt zu sehr im Kopf. Ich nehme mir unter Strafe vor, jetzt jeden Tag zu schreiben, egal, unter welchen Bedingungen. Ich darf mich nicht hängenlassen, sonst kommt Mist heraus.

Paul

Seite 200 im handgeschriebenen Buch: Wieder hast du einen sehr großen Wunsch frei. Komm zu deinem Meister, küß ihn und erzähl deinen Wunsch. Ich hab dich sehr lieb.

Leon

Ich freue mich auf den Wunsch und werde ihn heute abend Paul sagen. Er hängt mit dem vorher Geschriebenen zusammen. Ich glaube, ein richtiger maso-Wunsch.

Nachtrag vom Mittwoch 16-05-84: Leon

Ich Dussel hab was ganz Wichtiges vergessen. Wir haben uns gegenseitig den Arsch rasiert. Paul hat mir auch die Schwanzhaare abgemacht. Es war geil, Paul den Arsch einzuseifen und zu rasieren. Ich kann jetzt viel leichter in seinen Arsch gleiten. Es schaut toll aus, wenn mir Paul den Arsch entgegenreckt und ich Sein Loch ganz blank zu sehen bekomme.

20-05-84: Leon

Endlich geht es in meinem Zimmer etwas voran. Doch werden wir noch einige Tage damit beschäftigt sein, es einzurichten. Eberhard kommt zum Kaffee. Er ist ganz weg, als er unser Spielzimmer sieht. Eberhard würde es bestimmt reizen, mal etwas im «Zimmer» zu machen, doch ich glaube, er ist zu zurückhaltend dazu.

Ich lege eine kalte Kette ins Bett. Paul zieht mir die Gerte über den Arsch. Zuerst war ich sauer, wegen so einer Kleinigkeit eins drüberzubekommen, doch eigentlich gefiel mir der Schlag ganz gut. Mit dem Hals ans Bett gekettet schlief ich neben meinem Meister ein.

21-05-84: Leon

Paul meint, ich soll versuchen, meinen Wunsch zu beschreiben.

Mein Wunsch ist eine gute Erziehung. Paul soll mich auf alle Fälle und jeden Tag schreiben lassen, wenn nötig auch «nachhelfen». Es müssen nicht immer Schläge oder Fesselungen sein, auch durch bestimmtes Verhalten oder durch Zurechtweisungen.

Als ich vom Geschäft heimkomme, erzählt Paul, daß Er gerade gewichst hat. Schade, das hätte ich gerne übernommen.

Die nächsten vier Wochen sind absoluter Streß. Lernen, lernen, lernen. Ich will die Aufnahmeprüfung zu einer Weiterbildung schaffen. Dabei brauche ich Pauls Unterstützung.

24-05-84: Leon

Die Tage meiner Enthaltung machen es mir leicht, Paul gleich morgens geil zu machen. Leider klappt es mit dem Abspritzen nicht. Er verspricht mir, heute nicht zu wichsen und auf mich am Abend zu warten.

Über das Fußband hat Er sich sehr gefreut.

Paul überrascht mich am Abend. Er hat unseren Flur in eine SM-Galerie verwandelt. Nun hängen massenhaft eingerahmte Pornoszenen in der Diele.

Ich hab Paul versprochen, Ihn gleich nach dem Nachhausekommen zu «verwöhnen». Ich schnüre seinen Kopf in eine Ledermaske und lege Ihm ein Halsband um. Handschellen und Fußeisen, die ich miteinander verbinde, zwingen Paul in eine Stellung, in der Er schwerlich abspritzen kann. Ich ficke Paul mit brennender Pinimentholsalbe und lasse Ihn mit dickem Schwanz im Spielzimmer liegen. So aufgegeilt, mit heißem Schwanz, schaue ich mir die neuen Bilder im Flur an. Die «Drummer»-Szenen heizen meine Phantasie an. Ich gehe wieder zurück, ziehe Lederhandschuhe an und streiche Paul den ganzen Körper, massiere seine Eier. Schön langsam wird Pauls Schwanz immer praller, fast platzt seine Eichel, der ganze Körper krümmt sich zusammen, als es aus Ihm herausplatzt. Selbst jetzt ist Paul noch ein geiles Bild. Ledermaske, Nietenhalsband, die schwarzen Fußschellen und die Hände an die Kette geschlossen.

Es kommt Besuch zum Essen, und wir sitzen noch bis ein Uhr zusammen. Für die Nacht legt mir Paul Daumenschellen an, ich schlafe schon fast.

26-05-84: Leon

Paul muß früh raus, Er hat Motorradtraining. Um halb zwölf ruft Er an, Er hat das Motorrad hingelegt, Bremspedal verbogen, Schluß mit Training.

Wir verpennen den ganzen Tag, tun nichts anderes als schlafen und geil sein. Ich weiß nicht mehr, wie oft wir abgespritzt haben. Ich schnüre Paul erst einmal den Kopf ein, kette seine Hände ans Bett, so daß Ihm nichts anderes übrigbleibt, als mich seinen Arsch bearbeiten zu lassen. Ich kann nicht genug davon kriegen, Pauls Loch zu ficken, Ihm mit einem Ruck meinen Schwanz wieder rauszureißen, die Finger in sein Arschloch zu stecken und die Prostata zu bearbeiten.

Die Rollen sind getauscht, und ich finde Gefallen daran. Ich überlege mir, Paul auszupeitschen, doch ohne zu fragen habe ich Bedenken vor dem Anfassen der Peitsche, und fragen wollte ich in dieser Situation nicht. So lasse ich Paul hängen und gehe erst einmal raus, um eine Zigarette zu rauchen. Ich gehe um Paul herum, wichse meinen Schwanz, so daß es Paul aufgeilt. Befühle sein nasses Loch, das Er mir willig entgegenreckt. Ich stopfe meinen Schwanz rein, hebe Paul dabei fast hoch, lasse meinen Steifen rein- und rausflutschen. Paul muß am Balken spritzen, doch einfach mache ich es Ihm nicht. Immer wieder unterbreche ich vor seinem Orgasmus, und Er muß zusehen, wie ich meinen Schwanz wichse, zusehen, wie ich Ihn von hinten stoße. Paul zieht es vor Krämpfen die Beine weg. Er hängt vom Orgasmus geschüttelt am Balken. Ich kette Ihn ab. Er muß jetzt mich wichsen, und zwar gut, sonst wird Sein Loch weiter von meinem Schwanz bearbeitet. Nach dem Abspritzen liegen wir erschöpft im Bett.

Paul will für die restlichen Stunden des Tages die Rollen weiterhin tauschen. Ich befehle Ihm gleich, seinen Arsch ständig feucht zu halten. Nachdem wir aus dem Bett sind, bittet mich Paul um meine Wichse, die ich Ihm unter Stoßen in den Arsch spritze.

27-05-84: Leon

Heute war meine Freundin Usch, o Wunder, zu Hause. Ich holte sie mit ihrem Mausi in die Wohnung. Vom Spielzimmer war sie beeindruckt, doch eher negativ, so kann man sich täuschen. Nach Hin-und-her-Gerede über frühere Zeiten kam das Gespräch auf SM. Usch hatte mir schon öfter gesagt, daß sie manchmal Gelüste zum Schlagen habe, doch ich hielt das für Sympathiezustimmung. Es ging so weit, daß ihr Mausi sich «anbot», sich ein paar mit der Peitsche verabreichen zu lassen. Nach einigem Zögern hing er dann mit nacktem Oberkörper am Balken. Die Hose zogen wir Ihm noch aus. Wir verließen die beiden und lauschten im Flur.

Nach einiger Zeit knallte es wirklich hinter der Tür. Zaghaft zwar, doch die Schläge wurden kräftiger. Ich wundere mich immer mehr über Usch. Die Tür ging auf, und sie bat uns, den Typ wieder loszubinden. Er hatte zwar keine Blutungen, doch der Rücken war stark gerötet. Auf dem Weg nach Hause sagte Usch, daß sie vielleicht mal wieder ins Spielzimmer kommen würde, es habe ihr großen Spaß gemacht. Sie empfand jetzt eine stärkere Zuneigung zu dem Typ.

Wieder zurück in der Wohnung, war Paul etwas schroff, weil ich zu lange gebraucht hatte. Ich merke, daß Ihn die Szene mit Usch aufgegeilt hat. Er ist geil auf seinen maso. Ich knie mich vor Ihm vor das Bett und bearbeite seinen Schwanz, schiebe Ihm Metallringe über den Ständer, schnüre seine Eier ab. Ich lecke und wichse Ihn. Er verpaßt mir das Kettengeschirr und hängt mich an den Balken. Ich bekomme ja noch Schläge vom Urlaub. Fast hätte ich vergessen, daß ich Peter unerlaubterweise meinen Schwanz gezeigt habe. Paul haut voll zu, ich erdrossle mich fast in dem Halsband. Er befiehlt mir, mir ohne Fesselung an die Waden zu fassen, so daß Er meinen Hintern als Ziel hat. Die Gerte saust auf meinen Arsch, ohne daß ich schreien oder mich wegdrehen darf.

Paul legt sich hin, und ich darf Ihn wichsen. Mit der Gummimaske über dem Kopf versuche ich Ihn so geil wie möglich zu machen. Er spritzt ab, und ich lecke Ihm schnell die Wichse vom Körper. Sogar über den Brustwarzen kann ich noch Sperma ablecken. Ich durfte nicht selbst wichsen, doch ich bin nicht geil, und Paul tut auch nichts dazu, mich aufzugeilen. Ich lege mich neben das Bett meines Meisters. Innerlich habe ich noch zu kämpfen, die Tortur zu verarbeiten. Es dauert immer etwas, bis sich solche Hiebe in Geilheit umsetzen. Ich bin nichts mehr gewohnt und durch gestern fast verwöhnt. Aber ich habe mir ja von Paul eine gute Erziehung gewünscht.

28-05-84: Leon

Heute fuhren wir nach Würzburg, um mit der dortigen Schwulengruppe zu diskutieren. Einige Freunde hatten uns eingeladen.

29-05-84: Leon

Paul half mir heute wieder im Geschäft. Wir fuhren direkt von Würzburg dorthin. Nachher beschlossen wir, in den Film «Die Geschichte der O» zu gehen. Trotzdem es ein heterosexueller Film war und ich einige Vorgänge in maso-Köpfen anders sehe, beeindruckte er mich doch. Raus aus dem Kino, fühle ich total masochistisch. Ich ging bewußt hinter meinem Meister her, der sehr verträumt den Heimweg antrat. Ich zog mir das Halsband an und legte mir ein Nietenband als Oberarmband an, um meinen Meister zu baden und zu verwöhnen.

Paul

Beschreibe bitte die Eindrücke vom Film mal etwas genauer in der Richtung, was du dir für dich vorstellen könntest.

Leon

«Die Geschichte der O» hat mich schon angemacht, beeindruckt. Ich fühle meine masochistischen Gefühle sehr stark. Es reicht sicherlich nicht aus, den Film nur einmal zu sehen. Was mich gestört hat, der Film vermittelt Nicht-SMlern den Eindruck, daß «O» alles nur aus Liebe erträgt. Das ist bei mir nicht so, ich ertrage viele Dinge aus Liebe zu Paul, doch bin ich aus mir selbst heraus geil darauf, SM zu machen, ob es jetzt Schläge sind, um die ich bitte, oder Fesseln oder die Pflege meines Meisters. Es sind auch Sachen, die ich machen würde, wenn ich Paul nicht lieben würde, Handlungen, die mich selbst befriedigen. Bei Strafwochen zum Beispiel sieht es anders aus. Solche Torturen mache ich für unsere Liebe, ohne Liebe würde ich sie nicht durchstehen. Dies unterscheidet mich grundsätzlich von der «O». Ich war schon vor unserer Liebesbeziehung geil auf SM. «O» liebte zuerst, und nur durch die Liebe zu dem Mann (den Männern) machte sie SM. Im Film kam nur in wenigen Szenen die Eigenlust der «O» heraus, zum Beispiel, als sie das andere Mädchen verprügelte, oder «SH» die heiße Zigarettenspitze auf die Hand drückte. Der Film macht mir wieder deutlich, wie sehr S+M miteinander verwischen. Wichtig sind nicht die beiden Pole, sondern die Art, Gefühle zu vermitteln.

Ich kann nicht sagen, welche Szenen des Films für mich in Frage kommen würden. «O» unterscheidet sich doch sehr von mir. Am nachhaltigsten denke ich an das «endgültige Zeichen» (Brandmal). Weniger die Art, wie das «SH» (Brandzeichen) geschaffen wurde, sondern der Gedanke, ein solches unwiderrufliches Zeichen am Körper zu tragen, beschäftigt mich. Welche andere Möglichkeit gibt es, Zeichen unauslöschbar zu tragen?

30-05-84: Paul

Bestimmt zum fünften Mal hab ich jetzt «Die Geschichte der O» gesehen, und ich bin nach wie vor angetan von dem Film, von der Stimmung im Film. Die totale Ergebenheit der «O», die Hinführung zu einer totalen Liebe, hat mich gerade in der Beziehung zu meinem maso innerlich sehr ruhig gestimmt. Ruhig in bezug auf unsere Beziehung und auf die Möglichkeiten, die noch vor uns liegen.

Leon sagte vor zwei Tagen, er gehört mir mehr, als er sich selbst gehört. Wenn er das ernst meint, sind wir auf dem besten Weg, tiefer einzusteigen in eine Sado-maso-Beziehung, ja sogar in ein maso-Sado-Leben. Auch Leon war angetan von dem Film, ich habe es an dem Abend danach gespürt. Er hat sich sehr maso-mäßig verhalten. Ich war mal wieder zufrieden mit meinem maso. Aber für ein bleibendes Zeichen (SH-Brandmal) ist es noch zu früh. Er und auch ich sind noch nicht soweit. Ich bin nach dem Film trotz meiner ganzen Probleme sehr ausgeglichen und fühle mich sehr wohl. Es liegt nicht nur an einer Beziehung, nicht nur an der Liebe, die sehr groß ist, es liegt am SM-Leben, daran, daß die Verwirklichung meiner Träume begonnen hat. Wenn ich dich und mich und andere immer nach der Perspektive frage, hier ist sie: SM.

Leon gehört in erster Linie dazu, denn so wie mit ihm habe ich meine Träume noch nie verwirklicht. Aber auch die Spielsachen und andere Männer gehören dazu. Bei dem Typen von der Usch habe ich Lust bekommen, einen anderen Mann, den ich nicht liebe, abzurichten und über ein paar Tage zu erziehen. Dabei könnte ich meinen maso als Hilfssklaven einsetzen. Ein gemeinsames Erlebnis.

In diesem Zusammenhang ein paar grundsätzliche Gedanken zur weiteren Entwicklung, die ich mir schon vor Wochen gemacht habe.

SM ist bei mir:
Eigene maso-Gefühle bei meinem maso verwirklichen. Darum ist ein guter Meister immer ein guter maso gewesen, weil er sonst gar nicht einschätzen könnte, wie und was der maso fühlt oder wie weit er als S gehen muß. Außerdem schwingt bei mir ja immer ganz, ganz hinten im Kopf mit, Leon zu meinem Meister zu erziehen. Dieser Gedanke ist allerdings noch völlig unausgegoren.

Enge Bindung des m an den S und umgekehrt. Dies wird letztendlich auch zum Beispiel durch Ketten versinnbildlicht.

Liebesprüfung: Liebe muß immer neu bewiesen werden, zum Beispiel durch Steigerung der Prüfungen, um zu erfahren, wie weit der maso noch gehen kann, beziehungsweise, was er alles für seinen Meister erträgt.

Durch die «Geschichte der O» wieder geweckt: Richtige Liebe ist nur durch SM zu erreichen, beziehungsweise zu halten und zu entwickeln. SM als Vorstufe der Liebesbeziehung.

Leon

Abends in der Disco sehe ich einen Ledertyp. Er gefällt mir zwar nicht, doch seine Stiefel, das Armband und die Lederhose, die im Schritt einiges zeigt, machen mich doch an. Der Typ quatscht mich an, doch was soll's, ich müßte Paul anrufen und fragen, ob ich dürfte. Das ist der Kerl nicht wert. So tanze ich mich aus der Situation, und der Typ verschwindet. Zu Hause liegen im Flur Handschellen, Halsband und Kopfmaske bereit. Ich schnüre mich ein und taste mich ans Bett. Pauls Schwanz wird sofort groß, als Er mich bemerkt. Ich bereite mich geistig darauf vor, mit der Maske zu schlafen. Dänemark kommt mir in den Sinn. Ich erinnere mich daran, welche Qualen es mir bereitete, mit der Ledermaske die Nacht zu verbringen. Doch Paul nimmt mir die Maske ab, nachdem Er abgespritzt hat.

31-05-84: Leon

Ich rasiere mir heute wieder meinen Sack und Schwanz. Nach einem kleinen Streit mit Paul will ich von meinem Zimmer wieder zu Ihm ins Wohnzimmer. Er ist nicht da. Er liegt im Spielzimmer, ich knie mich vors Bett, feuchte meinen Finger an und stecke ihn ohne Vorwarnung in Pauls Arsch. Die innere Massage wirkt. Paul trieft bald aus Seinem steifen Schwanz. Eigentlich wollte ich was mit mir machen lassen, doch dann feßle ich Ihn, zwinge Paul in immer andere Stellungen. Ich ficke Paul so heftig, wie mir möglich ist, jedes Aufstöhnen macht mich nur noch geiler. Paul muß gefesselt alles ertragen, und immer wieder treibe ich Ihn bis kurz vor den Höhepunkt, lasse seinen Schwanz in mein nasses Loch gleiten. Er muß liegenbleiben, und ich verlasse das Zimmer, stehe im Flur und wichse mich. Wieder im Zimmer, ficke ich Ihn und ziehe Ihm die Schwanzhose an, schmiere Ihm brennende Creme auf die Eichel. Ich nehme Ihm die Handschellen ab, und Er wichst sich selbst. Meine Hand ist geil darauf, die Gerte zu spüren, sie zischen zu hören. Schon hat Paul Seine roten Striemen auf dem Oberschenkel.

Den ganzen Nachmittag sind wir geil. Als ich Paul einen mittelstarken Hieb auf den Arsch gebe, fährt Er herum. Er hat verstörte Augen und schützt sofort seinen Arsch. Die Schmerzen bei einem Gertenschlag hat Er ja noch nicht gefühlt. Ich kann nicht mehr, Paul muß sich vor das Bett knien, und ich ficke seinen Mund. Ich spritze Ihm meinen Saft in den Rachen. Nicht lange, und Paul schreit im Orgasmus. Er spritzt sich bis zu den Oberarmen.

Nach dem Spazierengehen lege ich mir ein Halsband um, die Hände kettet mir Paul zusammen. Mit der Kette zwischen den Handgelenken koche ich das Abendessen.

Juni

01-06-84: Leon

Ich verfehlte heute Paul ständig. Auf der Suche nach Ihm, Kneipe, Kulturhaus, ich verpaßte Ihn immer ganz kurz. Also ging ich zum Bahnhof und auf die Klappe. Ein Ledertyp ging mir nach. Wer war es? Der Typ aus der Disco. Er ging mit mir ein Bier trinken, und wir quatschten über belangloses Zeug. Irgendwie ärgert es mich, mit Ihm nichts machen zu dürfen. Aber das Gebot steht ja im Buch. Aufgegeilt gehe ich wieder in das Kulturhaus. Endlich treffe ich Paul, wir gehen nach Hause. Er hängt mich lange an den Balken, ich muß Ihn geil machen, obwohl meine Hände schon taub sind. Er macht mich los und befiehlt mir, Ihn so geil zu machen, wie mir möglich ist. Er will frühestens um ein Uhr dreißig abspritzen. Ich schaffe es, Paul so lange aufzugeilen. Nach Seinem Orgasmus bin ich todmüde. Trotzdem werde ich geil, als Paul meinen Schwanz wichst. Ich spritze ab und säubere sorgsam das Laken mit meiner Zunge.

Als mir Paul heute abend befohlen hatte, zu Ihm lieb zu sein, mußte ich anfänglich heucheln. Ich war kaputt, und Paul machte keine Anstalten, mich ebenfalls geil zu machen. Doch der Zwang, Paul zu «verwöhnen», machte mich dann geil, und aus dem Muß wurde ein Wollen.

02-06-84: Leon

Paul ist jetzt im Konzert. Ich ärgere mich, daß ich Ihn nicht um Erlaubnis gefragt habe, auf der Klappe was zu machen. Das tolle Wetter löst in mir einen Drang aus, durch die Straßen zu laufen, mich in Leder zu zeigen, andere Typen anzumachen. Nur, was nach der Anmache? Ohne Erlaubnis läuft nichts.

Mein Drang, auf die Klappe zu gehen, hat nichts mit Paul zu tun. Ich will mich vielleicht nur beweisen und mein Leder zeigen. Doch ich habe Hemmungen, Paul um Erlaubnis zu fragen, weil Er nicht denken soll, ich brauche jetzt einen anderen Mann. Im Gegenteil, als Er mich kurz vor Seinem Weggehen so still ansah, dachte ich, daß ich mit diesem Mann alt werden könnte.

Jetzt werde ich doch versuchen, Paul zu erreichen, Ihn vielleicht um Erlaubnis fragen. Am Konzertort erfrage ich die Pause. Um die Zeit totzuschlagen, schlendere ich ziellos durch die Stadt. Mir geht es besser, der große Drang, Männer anzumachen, ist weg. Wieder am Konzertort, treffe ich Paul zufällig, als Er pinkeln gehen will. Es gibt gar keine Pause. Ich erzähle Ihm all meine Gedanken und Wünsche. Er erlaubt mir, auf die Klappe zu gehen. Wie ich befürchtet habe, sind im Park keine Männer, die mir gefallen. Eigentlich schon auf dem Weg zurück, schaue ich noch in eine Schwulenkneipe rein. Wer steht drin? Der Typ, den ich jetzt schon den dritten Tag hintereinander sehe. Er begrüßt mich, und ich richte mich schon darauf ein, seine Anmache heute zu forcieren, doch es bleibt bei ein paar Griffen an die Hosen, er hat seinen Freund dabei. Ich rede mit einigen Typen, die ich schon kenne. Verwunderlicherweise begrüßen mich viele mit Handschlag, obwohl ich sie noch nie oder sehr wenig gesehen habe. Ein Macho an der Bar gefällt mir. Dunkelhaarig, braungebrannt, ein richtiger Macker. Ich kriege mit, daß er auch mich öfter mit verstohlenem Blick mustert. Jetzt nerven mich die Leute, die mich ständig vollquatschen.

Ich zahle so offensichtlich, daß der Typ es mitkriegt. Lasse mir beim Gehen sehr viel Zeit, um ihm mein Interesse zu zeigen. Raus aus der Kneipe, schön langsam die Straße runter bis zum Park. Schnell zurückschauen, aber er folgt mir nicht. Mir fällt ein, daß er sich kurz vor meinem Gehen noch ein Bier bestellt hat.

Langsam durch den Park. Schwierigkeiten, einen Mann aufzureißen, hätte ich heute nacht keine, doch ich hab mir den Macker aus der Kneipe vorgestellt. Mich macht ein Älterer an, läuft mir nach, quasselt ständig auf mich ein, bis ich am Auto bin. Selbst durch die offene Tür gibt er noch keine Ruhe. Scheiße! Der Typ aus der Kneipe ist mir doch gefolgt. Er kommt gerade aus dem Park und sieht mich mit dem Typen an der Autotür kleben. Ich fahre los, erst mal den Alten aus den Augen. Natürlich kein Parkplatz mehr zu kriegen, ein paarmal um den Block, ich ärgere mich und habe keine Hoffnung, meinen «Ausgewählten» zu treffen. Der denkt, ich bin abgefahren. Jetzt doch ein Parkplatz, ich laufe wieder zum Park.

Mittlerweile ist es dunkel und irre viel los. Als mich ein paar Männer sehen, verschwinden sie «bereit» im Schatten der Mauer. Doch die Anmache der anderen stört mich jetzt, ich habe meinen Typ entdeckt. Er hat doch noch länger gewartet. Als er mich ausmacht, bewegt er sich langsam in den hinteren Teil des Parks. Ich ihm nach, zögernd, da ich noch nie auf der Klappe einen Mann angemacht habe. Wie geht es weiter? Ein anderer Typ läuft mir nach, ich drehe mich demonstrativ um, als er auf Schrittnähe ist. Und schon wieder Ablenkung. Vom Graben grüßen einige Bekannte herauf. Ich habe mich jetzt noch näher herangewagt. Ein Mann macht meinen Typ an, doch er wehrt ab, also doch ich. Er stellt sich in den Schatten einer Mauer, und ich komm ganz nah an ihn heran. Schnell eine Zigarette anzünden, bin aufgeregt. Als ich mich umdrehe, erschrecke ich, weil er schon auf dem Weg zu mir ist und ganz nah dran.

«Hallo!» – «Hallo, jetzt muß ich dich doch anquatschen, wenn du es nicht tust, bist mir schon in der Kneipe aufgefallen, siehst geil aus, besonders deine Stiefel.» Er drückt seinen Bauch an meinen und stöhnt leicht. «Wenn wir ausgeraucht haben, können wir ja gehen.» Er betastet meine Hose, und es schaudert ihn ein wenig, als er den Lederslip entdeckt. Sein Schwanz zeichnet sich deutlich in der engen Jeans ab. «Das ist das Richtige, entweder Lederunterhose oder gar keine.» Sein Interesse an mir scheint noch zu wachsen. Ich schiebe meine Finger in seinen Hosenschlitz, ein Cockring! Der Schwanz bestimmt nicht klein. «Zu dir, zu mir?» – «Du hast ein Spielzimmer!?» Er ist richtig gierig, mehr über unser Zimmer zu erfahren. Ich rufe Paul an, ob ich den Typ mitbringen soll, aber der kneift dann doch, als er erfährt, daß Paul zu Haus ist. Er weiß nicht so recht, zu dritt? Also zu ihm. Spannung!

Wir fahren zu seiner Wohnung, nur zwei Zimmer ohne Spielzimmer. «Los, zieh dich aus, soviel du willst.» Er ist fasziniert von meinem Lederslip, knetet meine Eier durchs Leder. Er drückt mich kräftig auf die Knie. «Los, ausziehen.» Ich erschrecke fast, als ich seinen Schwanz sehe, so einen riesigen Kolben hab ich noch nie gesehen. Der Cockring spannt seine großen Eier fest an seinen steifen Schwanz. «Ganz rein, komm schon!» Seine Hände krallen sich fest in mein Haar, und er schiebt seinen Schwanz gierig in meinen Mund. Das Riesending ist zu dick, mich würgt es, als er mir den Ständer bis zum Anschlag in den Rachen schiebt. «Na komm, ganz rein, los! Ja, gut.» Er fickt mir den Rachen, ich bin nur noch am Würgen. Meinen Kopf zwischen seine behaarten Oberschenkel geklemmt, wichse ich seinen Schwanz. Ein irres Gefühl, so ein Riesending in der Hand zu haben. Der Macker zerrt mich hoch, packt mich am Schwanz und schleppt mich hinterher. Mit einer Handbewegung wirft er die Decken und Kissen vom Bett. Ein Ruck, und ich liege an deren Stelle. Er knetet mir die Eier, bis ich die Augen verdrehe und leise stöhne. «Ja, gut so.» Es macht ihn an, mich jammern zu hören. Dreht mich auf den Bauch und knetet von hinten mein Gehänge, zerrt mich an den Eiern hoch, bis ich auf allen vieren nicht höher kann. Ich spüre seinen Kopf am Arsch, und schon steckt seine Zunge in meinem Loch. Ein anerkennendes: «Hmm», als er meinen rasierten Hintern mitkriegt. Er schwitzt wie in der Sauna. Ich drehe mich auf ihn, jetzt kann er seinen Kolben ohne Schwierigkeiten in meinen

Hals stoßen, ich schlucke alles. Ich knete und zerre an seinen Brustwarzen, schieb Ihm einen Finger ins Loch. Seine Zunge drückt mir jede Menge Spucke in den Darm. Plötzlich reißt er mich an den Eiern wieder hoch und setzt an. Mit einem Stoß sitzt der Schwanz fast ganz in meinem Loch. Ich stöhne laut auf und will meinen Arsch wegziehen. «Was soll das? Los, Arsch wieder hoch – komm schon. Ja, gut, höher, los!» Ein Ruck, und sein Schwanz sitzt bis zum Schaft in meinem Arsch. Selbst ohne Bewegung pocht es in mir, doch er stößt hart zu: «Sollst was davon haben.» Er duldet nicht, daß ich meinen Arsch auch nur ein bißchen aus der Schußlinie bringe, sofort rügt er mich, packt an den Hüften zu und zwingt mich in die richtige Position. Er stößt seinen Schwanz gegen meine Prostata. Ich kralle mich im Laken fest und stöhne bei jedem Ruck auf. Der Schwanz mit einem Ruck raus. Jetzt wirft er mich auf den Rücken, beißt mich in den Arsch, saugt an meinen Titten. Er schreit fast, als ich seine Brustwarzen bearbeite und ihm dabei die Ohren auslecke. Seine Finger bohren sich jetzt in mein Loch. Alle fünf stemmt er gegen den Schließmuskel. Ich lege mich auf den Rücken und recke ihm meinen Arsch entgegen. Wieder das Riesending in mir, doch die Position scheint dem Macker nicht zu gefallen. «Die andere Stellung war besser, los, auf die Knie, gerade!» Er ist dicht hinter mir, stöhnt: «Runter mit dem Kopf, dalli!» Ein Stoß, und ich liege flach, kopfüber an der Bettkante. Wenn dieser Kolben mich weiter so bearbeitet, kommt es mir, ohne daß ich meinen Schwanz anfasse. Zum Wichsen ist eh keine Gelegenheit. Ein Ruck, und der Schwanz ist wieder draußen. «Ich kann nicht mehr!» Die Schweißperlen laufen von seinem Körper, als wenn er gerade aus der Dusche kommt. Er kniet sich neben mich, stemmt seinen Fuß auf meine Brust und spritzt eine Riesenladung auf meinen ganzen Oberkörper. Er schreit, wichst sich, dann komme ich auch, doch ich weiß nicht, ob ich mich selbst befriedigt habe oder ob er das übernommen hat.

Nach einer Zigarette und einem Glas Saft fragt mich der Typ, ob wir uns wieder treffen könnten, vielleicht das nächste Mal in unserem Spielzimmer.

Draußen vor der Haustür las ich seinen Namen auf dem Klingelschild – schon wieder ein Peter.

Mein maso-Ich ist geweckt. Ich fahre schnell nach Hause und knie mich vor Paul. Ich wichse Ihn, streichle Seinen Körper, bitte meinen Meister, für mich zu spritzen. Von meiner Anmache aufgegeilt, hält mir Paul die Gummimaske hin. Ich setze sie auf, und mein ganzes Fühlen und Denken hängt an Paul, wie geile ich Ihn am besten auf, wie kann ich mich unterwürfig zeigen. Doch es kommt Ihm schon. Schnell lecke ich Seinen Schwanz und Bauch sauber und lasse mich neben Ihn fallen.

Ich erzähle in groben Zügen, was ich erlebt habe, und Er lacht laut auf und kriegt sich kaum noch ein. Peter ist der Typ, aus dessen Wohnung Paul schon einmal abgehauen ist.

03-06-84: Leon

SM-Sonntag! Sonntag morgen ließ ich mir von Paul gleich beim Aufstehen das Kettengeschirr anlegen. Eingeengt machte ich mich daran, das Frühstück zuzubereiten. Jeder kleine Handgriff wurde umständlich, da meine Hände ja auch an das Geschirr gefesselt waren. Um Kleinigkeiten aus den Schränken zu holen, mußte ich zuerst umständlich auf einen Stuhl klettern.

Nach dem Frühstück fesselte mich Paul erst einmal an den Balken. Er verdrosch mir den Hintern mit der Gerte. Natürlich machte ich vieles falsch, so daß Paul weiterschlagen konnte. Mit der Ledermaske über den Kopf gepreßt, verlor ich jedes Raum- und Zeitgefühl. Ich hing in allen Stellungen am Balken, mußte Paul immer wieder wichsen. Er legte mich ins Fuß- und Handeisen. Ich hatte die Vorstellung, daß mein Meister jetzt jemanden anruft, der mich so sehen soll oder mich mit Paul zusammen behandelt. Es wunderte mich überhaupt nicht, als es an der Wohnungstür klingelte. Ich hörte Stimmen und dachte, daß Paul dem Macker erst einmal die Wohnung zeigt. Die Tür ging wieder auf, und von hinten umfaßten mich Hände, doch es war Paul, wie ich sofort erkannte. Nach diesen Stunden mit Schlägen und Fesselungen erlaubte mir Paul, nach Ihm abzuspritzen.

Wir zogen uns an und fuhren zu Dietrich, der uns zum Kaffee eingeladen hatte. Wir verbrachten den ganzen Tag auf dem Land. Dietrich interessierte sich sehr für meine Lederhose. Er polierte sie sogar, nachdem Paul sie eingeschmiert hatte, ich behielt sie dabei an.

Am Abend auf einer Kulturveranstaltung starren mich die anderen Gäste an, dennoch bin ich stolz, daß ich bei anderen Männern durch mein Auftreten Eindruck mache.

05-06-84: Leon

Viel Arbeit im Geschäft. Als ich heimkomme, finde ich im Flur die Schwanzhose, Handschellen, Fußfesseln und Ledermaske für mich bereitliegen. Ich bin noch vom Tag total gestreßt, habe Hunger und müßte noch viel erledigen. Trotzdem ziehe ich gehorsam die Sachen an und taste mich zu Paul ins Spielzimmer. Als ich Paul spüre, liegt Er mit Seinem steifen Schwanz im Bett. Ich stelle mir vor, wie Ihn das angemacht hat, als ich mich völlig unsicher zum Bett tastete. Ich konnte meine Geilheit nicht so zeigen, trotzdem war der Abend ganz toll. Paul fesselte mich ans Bett, machte mich geil. Kurz vor dem Abspritzen verließ Er das Zimmer. So ging das ein paarmal. Er empfing sogar den Mieter der Wohnung unter uns und führte ihn herum. Ich lag derweil mit Maske und Schwanzhose gefesselt im Spielzimmer und konnte die beiden nur hören. Paul machte mich los. Ich durfte Ihn wichsen. Mit eingeklemmtem Schwanz und gesenktem Kopf bat ich Paul abzuspritzen. Mein Meister ließ dann auch mich spritzen.

Trotzdem ich es nicht so zeigen konnte, war es doch wahnsinnig geil. Paul erzog mich heute einfallsreich. Es machte mich an, die Spielsachen anzuziehen, obwohl ich anderes vorhatte. Ich mußte für meinen Meister dasein. Auch hielt mich Paul ständig geil, dann sind die Spielsachen kein Streß für mich.

06-06-84: Leon

Der erste Mittwoch, an dem ich nach Hause komme, und Paul ist noch nicht da. Ich räume die Wohnung auf. Als Paul kommt, vergesse ich glatt, Ihn zu begrüßen. Doch verwöhne ich Ihn, indem ich Ihn bade und Seine Haare föne, und schon muß ich in die Küche, das Essen vorbereiten. Müde fallen wir dann irgendwann ins Bett, doch mir fällt ein, daß ich Paul beim Zubettgehen ja jeden Abend fragen könnte, ob Er mit mir zufrieden war und ob ich bei Ihm im Bett schlafen darf.

07-06-84: Leon

Nach dem Abendessen schmuste ich erst mal mit Paul im Bett. Wir rappelten uns aber doch auf, um in die Schwulenkneipe zu gehen. Als ich mich anziehen wollte, war Paul schon ganz in Leder. Ein toller Anblick! Meinem Meister steht schwarzes Leder wirklich gut. Er sieht total verändert darin aus, mackriger und noch mehr Meister. Wir laufen zur Kneipe. Als Paul in einer kleinen Parkanlage pissen muß, befiehlt er, mich neben Ihn zu knien. Ich darf Seinen Schwanz nach dem Pinkeln ablecken. Ich finde Anpissen total geil, doch die scharfe Flüssigkeit im Mund kostet mich jedesmal Überwindung.

In der Kneipe macht Paul intensiv Ebi an. Er bietet mich ihm an, er soll doch einfach mal bei Paul anrufen und mich «ausleihen». Ebi hat glänzende Augen, doch glaube ich nicht, daß er von sich aus etwas in der Richtung unternehmen wird.

Auf dem Rückweg knie ich öfter vor meinem Meister und lutsche im Hinterhof Seinen Schwanz. Wir sind schon längere Zeit zusammen im Bett, da wird mir bewußt, daß ich ohne Seine Genehmigung bei Ihm liege. Sofort fliege ich raus. Er verpaßt mir Handschellen und kettet mich mit dem Hals am Balken stramm fest. Ich bin durch Sein energisches Handeln aufgegeilt und schlafe als maso ein.

08-06-84: Leon

Geburtstag eines Freunds. Ich kann gar nicht beschreiben, warum, doch es war eine schreckliche Geburtstagsfeier. Je mehr Leute kamen, um so schrecklicher wurde es. Unter all diesen Leuten kam ich mir vor wie ein Vogel mit bunten Federn. Eine Exotenschau total! Ich hatte gewagt, ganz in Leder und mit Handschellen am Gürtel in dieser Wohnung zu erscheinen. Ich passe nicht in diese Gesellschaft. Selbst Freunde, die ich zu kennen meine, begaffen mich wie im Affenhaus.

Ich lag im Halbschlaf auf einem Bett und bekam so halb mit, wie Paul auch noch irgend jemanden Seine Stiefel anprobieren ließ. «Exoten total». Kostümanprobe oder ein Lichtfunke von eigenem SM-Gefühl? Als dann noch hell kreischend nach einer Reiterpeitsche gerufen wurde, riß es mich aus dem Schlaf. Ich muß raus, raus aus dieser Wohnung, weg von diesen Leuten.

Doch die Nacht hatte ein wahnsinniges Ende. Paul fesselte mich gleich, als wir die Geburtstagsfete verließen. Er fuhr mich nach Hause. Noch ganz verschlafen, ehe ich es recht mitbekam, kettete er mich an den Balken. Irgendwann weckte mich Paul auf. Seine Stimme war scharf und befehlend. Allein durch Sein Auftreten wurde ich geil. Er fragte mich, ob ich pinkeln müsse. Auf mein Ja hin wollte ich zur Toilette, doch Paul befahl mir, in den Hundenapf zu pissen. Ich war so geil, daß ich kaum etwas rausbekam. Sonst war es eine Quälerei, mich zum Trinken zu überwinden, jetzt leerte ich den Trog fast in einem Zug. Danach durfte ich mich ausziehen. Vor meinem Meister kniend wichste ich Seinen Schwanz, leckte und schob mir Seinen Ständer in den Rachen. Immer noch dieser Befehlston, der mich so geil macht! Paul spritzte ab, und ich durfte bei Ihm im Bett schlafen.

09-06-84: Leon

Den ganzen Tag diente ich meinem Meister. Fühlte mich bewußt als maso und umsorgte Paul.

Mich trieb es raus. Paul hatte keine große Lust, noch etwas zu unternehmen, also fragte ich Ihn, ob ich allein losziehen dürfe. Er erlaubte es mir, doch darf mir keiner an den Schwanz oder die Eier, schon gar nicht abspritzen. Wenn ich das wolle, müsse ich mir das erst verdienen. Paul wollte eine «Sonderbehandlung». Eigentlich nicht so geil darauf, mit Paul zu spielen, machte es mir dann doch Spaß. Ich war so geil, daß ich Paul am Balken verprügelte. Ich zog Ihm die Gummimaske über. Er bekam massiv Pinimenthol auf den Schwanz. Seine Eier band ich mit Lederschnüren ab. Ich steckte Ihm den hölzernen Griff der Peitsche in den Arsch, ich wußte, daß Ihm das ziemlich weh tat. Paul war mein Lustobjekt. Ich drohte Ihm noch mehr Schläge an, wenn Er nicht sofort abspritzen würde. Die Hände an das Halsband gekettet, ließ ich Paul in der Wohnung. Eigentlich war ich durch das Spielen schon befriedigt, trotzdem zog ich um die Häuser.

Auf der Klappe nichts los. Die Bullen haben alle Schwulen im Park verschreckt. Auch in der Kneipe keine Typen, die meinem Geschmack entsprechen. Wen treffe ich wieder? Natürlich den Typ aus der Disco, dem ich jetzt ständig begegne. Er geht ins Mr. Hendersen. Nach einem Bier beschließe ich, auch dorthin zu gehen. Vor der Kneipe komme ich mir dann doch etwas dumm vor. Es sieht so aus, als ob ich diesem Kerl nachgelaufen bin. Aber eigentlich ist's mir egal, ich gehe trotzdem rein. Der Kerl hinter der

Bar grinst mich an, als ich eintrete. Als er mich fragt, was ich trinken möchte, spricht er mich mit Namen an. Er macht kein Geheimnis daraus, daß er mich geil findet und mit mir heute nacht vögeln will. Doch er ist heute nicht der einzige. Erich, der Typ aus der Disco, ist ja schon länger dran, und jetzt entdecke ich seinen Verflossenen an der Bar. Peter vom letzten Wochenende grinst mich an und fordert mich auf, mich zu ihm zu setzen. Ein anerkennender Blick, ich gefalle ihm mit Lederhose besser als das letzte Mal. Jetzt sitze ich zwischen drei Typen, die mich heute nacht mit nach Hause nehmen wollen. Ein geiles Gefühl! Peter hat nach Stunden am Flipper und an der Theke die anderen aus dem Rennen geschmissen. Chris, der Bartender, schaut mich enttäuscht an, als ich ihm nicht in sein Spielzimmer über der Kneipe folge.

Den Weg zu Peter kenne ich ja nun schon. Kaum in der Wohnung, lande ich heute gleich im Schlafzimmer. Er zieht sich nackt aus und hat nur noch Stiefel und Lederjacke an. Er zerrt mir das Hemd vom Körper, die Lederhose auf. Er schließt mir die Handschellen, die ich den ganzen Abend herumtrage, um Sack und Schwanz, so hat er mich am Zügel. «Schwanz lutschen, runter auf die Knie!»

Peter geht heute noch härter mit mir um. Er wirft mich auf den Boden, setzt mir einen Stiefel in den Nacken. Ich befürchte, er bricht mir den Hals! «Hoch, du Sau!» Wieder Schwanz lutschen und auf den Boden zurück. Er schreit vor Geilheit, als er mir die Stiefel vor die Augen stellt: «Los, lecken – schön hochlecken!» Ich lecke ihm das Leder, komme bis an den Schaft – höher – kaue seine riesigen Eier. Er stöhnt, läßt mich auf das Bett fallen und zerrt mich am Sack zwischen seine Oberschenkel. Ich bearbeite seine Titten, kaue und beiße. Als ich ihm an den Hals gehe, spritzt er auch schon ab.

«Los, jetzt zeig mir was!» Zwischen seinen Oberschenkeln kniend wichse ich und spritze mit einem Schrei ab.

Die Handschellen sind immer noch um mein Gehänge gekettet, und er zerrt mich daran ins Wohnzimmer. Ich gefalle Ihm besser als bei unserer ersten Begegnung, er zieht mich zu sich auf das Sofa, und ich bearbeite seinen schon wieder steifen Schwanz. Er drängt mich wieder nach nebenan. «Arsch hoch», schreit er, als er mich auf das Bett wirft. Er wühlt in seinem Kleiderschrank. Plötzlich knallt Leder über meinen nackten Arsch. «Hoch!» Er drischt auf meine Backen, zielt genau auf die Kimme. Mein Arsch brennt, und durch mein Geschrei mach ich den Kerl nur noch geiler. Er hakt seine Finger in meinem Loch ein und zieht mich hoch. «Schrei nur, ja!» Auf allen vieren versuche ich das Gleichgewicht zu halten, immer noch die Finger im Loch. Ein flacher Handschlag auf meinen Arsch, und ein Gummidildo sitzt bis zum Anschlag in mir. Er stößt immer wieder nach, dreht mich auf den Rücken, quält meine Eier, bis ich kopfüber aus dem Bett hänge. Peter springt auf, klemmt sich meinen Kopf zwischen die Oberschenkel und befiehlt mir zu wichsen. Er zerrt mir den Mund auf und steckt seine Eichel hinein. Als ich vom Orgasmus geschüttelt aufschreie, läuft mir Peters Wichse aus dem Mund übers Gesicht.

Wie auf Wolken bleibe ich in dieser Stellung liegen. Ich will mich nicht rühren, um das Gefühl nicht vorzeitig zu verlieren. Als ich mich aufrichte, spüre ich den Dildo immer noch in mir. Peter lacht, als ich an dem Plog zerre. Er ist zufrieden mit dem Spielchen. Jetzt sehe ich auch, daß er mir den Arsch mit einem Ledergürtel verdroschen hat.

Er schreibt mir seine Telefonnummer auf, falls ich Lust auf eine Wiederholung hätte.

Zu Hause finde ich Paul im Bett wieder. Auf dem Rücken schlafend zerren Seine nach oben gelegten Hände die Halskette hoch. Ein filmreifes Bild. Als ich Paul die Schlösser öffne, wacht Er auf. Ich krieche schnell zu Ihm ins Bett, und wir schlafen ein.

10-06-84: Leon

Den ganzen Tag rödeln wir in der Wohnung. Abends mach ich mich an die Vorbereitungen für das Essen. Beim Tischdecken läßt mich Paul ein Gedeck wieder abräumen. Ich ahne, was kommt. Als ich die Schüsseln ins Wohnzimmer bringe, ist auf dem Boden die Gummidecke ausgebreitet. Auf ihr der Hundenapf. Paul kettet mir die Hände auf den Rücken. «Iß!» Der Napf steht vor mir, doch ich will nichts essen. Erst nach Pauls Befehl beuge ich mich, um aus dem Trog zu fressen. Nach ein paar kleinen Bissen will ich nicht mehr. Paul schaut mir vom Tisch aus zu. Er führt mich ins Spielzimmer, legt mir das Halsband, das ich schon den ganzen Tag trage, enger an und befiehlt mir zu schreiben. Ich bin gerade mitten drin, als die Tür aufgeht und Paul mir Lederjacke, Lederhose und Reiterstiefel auf den Boden wirft. «Zieh dich schnell an!» Angezogen verschließt Er mir die Handschellen wieder am Rücken, klemmt mir die Gerte in den Mund. Er erklärt mir, daß ich jetzt zu Ebi gefahren werde, ihn um zehn Schläge bitten muß und dann ganz lieb zu ihm sein soll. In meinem Aufzug, noch immer die Gerte zwischen den Zähnen, führt mich Paul nach einer kurzen Autofahrt bis vor Ebis Haus.

Als ich durch die offene Wohnungstür trete, kommt Ebi schon auf mich zu. Sein Gesicht wird ernst, er führt mich sofort ins Schlafzimmer, fragt mich, warum ich gekommen bin. «Ich will geschlagen werden!» Auf die Knie, flach auf den Boden. Hose runter, zu langsam! Noch einmal. Wieder auf die Knie, flach auf den Boden. Ich komme ins Schwitzen. Diesmal bringe ich die Hose schnell genug vom Arsch. Ebi befiehlt mir, mich über einen Sessel zu legen. Das: «Jawohl!» vergessen. Er reißt mich wieder hoch. Packt meine Haare. Seine Hand klatscht mir ein paarmal ins Gesicht. Wieder runter, «Arsch schön hoch! Laut mitzählen!» Ich stöhne bei jedem Schlag auf. Noch einer, weil ich das: «Ja.» vergessen habe. Der letzte Schlag saust auf meinen noch vom Vortag gemarterten Arsch. Ebi legt sich auf sein Bett. Ich muß niederknien und seinen Schwanz lutschen. Ein steifer, großer Schwanz. Ich würge, als Ebi meinen Kopf ganz über seinen Schwanz drückt. Er wirft mich bäuchlings auf das Bett. Seine Finger streichen über meinen von Striemen angeschwollenen Hintern. Er setzt seinen Schwanz an meine zuckende Rosette und stößt zu. Ich stöhne auf. Ebis Schwanz geilt mich auf. Er stößt gegen die Darmwände, und mein Schwanz richtet sich auf. Ein Ruck, und Ebi zieht sich zurück. Er befühlt wieder die Schwielen, bis er es nicht mehr aushält. Er legt mich flach aufs Bett und bumst mich durch. Ich spüre, wie sein Schwanz immer mehr anschwillt. Stöhnend bitte ich ihn, mich tiefer zu stoßen. Ebi spritzt in mir ab.

Ich rufe Paul an, damit Er mich abholt. Zu Hause will Paul zu Seinem Recht als Meister kommen. Ich knie mich vor Ihn und verwöhne Seinen Schwanz. Er steckt mir Seine Finger in den Mund. Anscheinend beiße ich zu fest zu. Paul knallt mir voll eine ins Gesicht. Ich bin entsetzt und verstört. Doch schon hagelt es Gertenhiebe auf meinen Arsch. Mit Tränen in den Augen beuge ich den Kopf ganz tief, klemme meinen Schwanz zwischen die Schenkel und wichse Paul, so gut ich kann. Er spritzt ab, und bevor Er etwas sagen kann, hab ich Ihn saubergeleckt und mich auf den Fußboden verzogen.

11-06-84: Leon

Ich will mich nicht gehenlassen. Aus Trotz? Oder um Paul zu zeigen, daß ich stärker bin? Doch denke ich am Boden nach, wie ich Paul verwöhnen kann (verlegen machen kann?). Morgens springe ich auf, nehme Spielsachen mit und verziehe mich sofort in die Küche. Ich lege mir Ketten an Hände und Füße, klemme mir den Holzknebel in den Mund. So bereite ich Paul das Frühstück. Nur Paul! Ich serviere es Ihm im Bett, knie mich nach jedem Bedienen sofort wieder auf den Fußboden mit gesenktem

Kopf. Paul läßt mich nach dem Frühstück wieder abräumen. Er hängt mich an den Balken und fragt, ob ich geschlagen werden will. Mir fällt die vorige Nacht wieder ein, Schläge von Ebi, von Paul, die Nacht davor von Peter. Reicht es nicht irgendwann mal? Ich will geschlagen werden, kopfmäßig, doch der Körper lehnt sich auf. Trotzdem stimme ich Pauls Frage zu. Die Peitsche saust auf meinen Rücken. Eine unbändige Wut kommt in mir auf, zum Glück bin ich gefesselt. Paul wichst mich. Ich will nicht geil werden, bekomme trotzdem einen großen Schwanz, werde geil im Kopf und im Körper. Paul bindet mich los, mein Körper sträubt sich nicht mehr, ich falle in Pauls Arme und bin glücklich. Jeder Schlag bringt mich Paul näher, macht mich hinterher glücklich.

Tolles Wetter, Paul und ich faulenzen den ganzen Tag, schmusen, wichsen, gehen spazieren. Bin mit Paul ganz tief verbunden.

12-06-84: Paul

Heute nacht ist mein maso an seine Grenzen gestoßen. Fast erstickt unter der Ledermaske mit Augenöffnungen, am Balken, Brust und Arschloch malträtiert, bekam er einen Schrei- und Panikanfall. Ich bin in der Behandlung allerdings auch etwas brutal rangegangen. Aber in den letzten Tagen hat mich mein maso auch indirekt provoziert: Durch die Schilderung der Erlebnisse bei SM-Peter und bei Ebi kam verstärkt eine Diskussion auf um die Frage, wie permanent eine SM-Beziehung sein kann. Dauernd Befehlston, dauernd dienende Unterwürfigkeit? Der Unterschied zwischen One-night-Stands und einer Liebesbeziehung liegt nicht nur in der Liebe, sondern auch in der Intensität der Beziehung.

Mit SM-Peter geht der maso bewußt für ein Spiel mit, das auf zwei bis drei Stunden begrenzt ist. Ein Anspruch auf Zusammenleben, Diskussion und Liebe ist nicht vorhanden. Ich finde, daß in unserer gemeinsamen Zeit seit dem 16-12-83 schon eine kontinuierliche Steigerung in bezug auf ein SM-Verhältnis da war. Auf der anderen Seite hab ich mich durch Leons Bemerkungen, ich sei zu schlapp, oder er wolle einen strengeren Meister, vorantreiben lassen, aber auch in meinen Bedürfnissen (Liebesbeziehung) eingeschränkt gefühlt. Beides sollte möglich sein, wobei nicht nur der Meister seine Bedürfnisse äußern soll, sondern auch der maso. Der Meister ist bestimmend. Es muß aber eine Weiterentwicklung stattfinden. Ich will und möchte strenger vorgehen und dadurch bei dem maso auch eine selbstverständlichere Haltung dem Meister gegenüber erreichen. Aber das kann ich nur, wenn ich die Liebe spüre und ausleben kann. Beides bedingt einander und schaukelt sich hoch.

Für das Verhalten gestern erwartet der Meister noch eine entsprechende Entschuldigung in angebrachter Form. Außerdem ist es wichtig, das Buch für eine ausführliche Schilderung der Gefühle und Überlegungen des masos gerade über die gestrige Nacht zu nutzen. Dies ist ein Muß.

14-06-84: Paul

Schon wieder mal hat mein maso nicht geschrieben! Trotz des Ereignisses (siehe 12-06) oder gerade deswegen. Es ist nicht zu glauben. Die Disziplin muß besser werden. Statt dessen schläft er beleidigt ein! Ich glaube, wir beide müssen noch lernen, miteinander über die anstehenden Probleme (Geschäft Leon und Zukunft Paul) zu reden, ohne uns gegenseitig anzugreifen oder beweisen zu wollen. Das abrupt beendete Gespräch sollten wir fortsetzen.

Aber jetzt geh erst mal ans Schreiben! Zieh dich entsprechend masomäßig an, schreib und bereite dann das Abendessen vor. Ich komme auch bald.

12-06-84: Leon

Entschuldigen? Natürlich entschuldige ich mich dafür, daß ich meinen Meister so sehr auf den Arm geschlagen habe, daß Er am Mittwoch noch nicht so recht zu gebrauchen war. Doch für meine Gefühle will ich mich nicht entschuldigen. Es ist nicht meine Schuld, daß ich fast erstickt bin (womit ich die Schuld nicht auf Paul schieben will). Meine Grenzen bestimme nicht ich, sie sind mir gegeben, ich kann höchstens trainieren. Es war ja leider kein Spiel von mir, ich sah ja wirklich schon Sternchen und wäre beinahe ohnmächtig geworden. Es ist ein Alptraum gewesen. Eine Entschuldigung kann ich in Form einer Aufarbeitung des Abends liefern.

    Es war, als gehöre mein Körper nicht mehr mir. Wie ein Zug, in dem du sitzt, der in eine falsche Richtung fährt, und du willst nicht mit. Ich mußte mit meinem Körper mit! Ob er gequält wird oder fast erstickt, ich mußte alles mitmachen. Komisch, daß ich keine Schmerzen mehr empfand, als ich an einer Hand an den Balken gekettet herumbaumelte. Auch nach dem Befreien aus der Ledermaske war ich noch nicht «da». Ich sackte zusammen, und alles war unwirklich um mich herum, wie nur geträumt. Dabei war ich wahnsinnig geil, als mir Paul die Maske überzog und mich am Balken quälte, bis ich fast erstickte.

    Daß Paul gleich, nachdem Er mich losgebunden hat, einfach das Spielzimmer verließ, konnte ich auch nicht verstehen. Er ließ mich einfach zusammengekauert liegen, wie ein Stück benutztes Papier. Doch ich glaube, es war richtig so. Irgendwelche Entschuldigungen oder Aufmunterungen hätte ich zu diesem Zeitpunkt sowieso nicht verstanden. Jetzt erscheint wir die Situation klarer.

13-06-84: Leon

Mittwoch war wieder solch ein eingefahrener Tag. Paul begleitete mich ins Geschäft. Ich bat Ihn morgens darum und war echt glücklich, Ihn am Vormittag um mich zu haben. Abends dann eine nervige Unterhaltung über «Geschäftspraktiken». Ich war genervt von Pauls Kritik und glaube, daß Er viel zuwenig Einblick in unsere Geschäftsgeschehnisse hat, um sich ein Urteil zu bilden. Doch ich bin froh, mich mit Ihm über Geschäftliches unterhalten zu können. Im nachhinein bleibt doch viel Positives hängen.

Genervt schlafe ich auf dem Sofa ein. Eine traumlose Nacht, nach der ich morgens mit schmerzendem Rücken aufwache. Ich krieche zu Paul ins Bett und werde total geil. Auch Er ist spitz. Ich bumse Paul, bis ich in Ihm abspritze.

14-06-84: Leon

Heute war eigentlich nur fernsehen angesagt. Ich durfte bei meinem Meister schlafen.

15-06-84: Paul

Bin ins schwule Stück «Spinnenfrau» in den Kammerspielen. Danach gehe ich entweder ins Mr. Hendersen oder ins Kulturhaus.
Bist du willig, so folgst du mir.

Leon

Ersatzdienst – schnell nach Hause. Ich finde Pauls Nachricht und schmeiße mich in Leder. Ab ins Mr. Hendersen. Klaus, Bodo und Paul warten schon lange auf mich, wir gehen bald wieder.

Wir sehen uns noch einen Fernsehfilm an und gehen zu Bett.

Tage vorher habe ich Paul provoziert, Ihm gesagt, daß Er wie ein Opa im Bett liegt und sich «bedienen», also sich wichsen läßt. Heute kann ich das nicht sagen!

Paul bemüht sich um mich, wichst mich, spielt mit mir. Wir spritzen beide ab. Ich glaube, wenn Paul mich auch geil macht, ist das Abspritzen viel harmonischer, auch Paul hat dann mehr von mir. Natürlich habe ich für meinen Meister dazusein, doch SM-Sexualität ist gegenseitiges Nehmen und Geben. Es kann zwar auch für mich geil sein, wenn ich Paul verwöhne, ohne daß Er einen Finger an mich legt, doch wenn Paul mich auch aufgeilt, bringt es uns beiden was. Ich schlafe in den Armen meines Meisters ein.

Beim Schreiben dieser Zeilen spüre ich wieder ganz heiß, wie sehr ich Paul liebe. Auch Paul liebt mich, Er würde sonst nie so stark auf meine Bedürfnisse eingehen. Es macht mich stolz, daß mich so ein Mann liebt.

21-06-84: Leon

Paul legt mir zum Fernsehen Hand- und Daumenschellen auf dem Rücken an. Beim Zubettgehen zwickt mir Paul beim Anlegen unseres neuen Sackleders meine Schwanzhaut ein. Als ich aufschreie, ist Paul beleidigt. Ich merke, daß es keinen Sinn hat, in dieser Nacht noch über den Vorfall zu reden, und verkrieche mich vor das Bett.

22-06-84: Paul

Ja, ja, der Widerspruch zwischen Meisterrolle und dem Verliebtsein. Es ist noch immer einer, obwohl ich doch eigentlich meine Liebe auch manchmal in Form von Schlägen ausdrücken kann. Aber auch gestern nacht: Wenn ich eh nicht in Stimmung bin, genügt eine blöde Bemerkung vom maso, und schon ist es aus. Ich kann meine S-Rolle nicht mehr wahrnehmen. Eigentlich hätte ich seine Bemerkung strafen müssen, aber in dem Moment kommt mir unsere ganze SM-Liebe wie ein blödes Spiel vor, und ich werte dann Leons Blick und Bemerkung als einen Ausdruck seiner Zweifel an unserer SM-Beziehung. Das stimmt zwar nicht, denn der maso hat sich danach sofort wortlos auf den Boden verzogen, aber in dem Moment kommt meine Unsicherheit und Unerfahrenheit beim SM voll durch, und ich stoße an meine Grenzen.

Aber noch ein anderer Punkt ist für die Reaktion maßgebend: Wir haben uns die letzten Tage viel zuwenig mit unserer SM-Beziehung beschäftigt. Die Einrichtung der Küche und andere Dinge haben uns abgelenkt. Wenigstens bei mir ist das Bedürfnis da, weiterzukommen und meinen maso noch viel mehr als solchen zu erziehen und zu behandeln.

Der maso ist auf jeden Fall noch sehr viel belastbarer, in den letzten Spielchen ist er in seiner Rolle weiter gegangen als ich in meiner.

Aber da haben wir es schon wieder: Ganz automatisch habe ich von Spielchen und Rolle geschrieben. Langsam ist es kein Spielchen und auch kein Spiel mehr. Langsam wird es immer mehr zu einem Bestandteil unseres Lebens – oder soll es werden. Ein Indiz fällt mir gerade ein: Der maso sitzt schon fast selbstverständlich beim Fernsehen auf dem Boden zu meinen Füßen und fungiert außerdem als Fernbedienung. Toll, wie sich das entwickelt hat!

Trotzdem bleibt in mir der Widerspruch. Ich habe Angst, ausschließlich durch SM-Erziehung meine Liebe zu Ihm zu zeigen. Nach dem Motto: Liebe ist Zärtlichkeit! Auch ich meine, wenn der maso nicht zärtlich zu mir ist, kühlt seine Liebe zu mir ab. Ich habe ein Bedürfnis nach Zärtlichkeit, nach Leons Körper, danach, gestreichelt zu werden und Liebes gesagt zu bekommen.

Aber eine demütig auf Knien ausgesprochene Liebeserklärung oder die Bitte, geschlagen zu werden, beziehungsweise die

Aufforderung, den Meister zu «behandeln», kann genau das, was wir gemeinhin als Liebe bezeichnen, viel intensiver ausdrücken. Ein oder zwei steife Schwänze sind die unwiderlegbaren Beweise dafür.

23-06-84: Leon

Heute nachmittag hab ich Paul gebumst, in Ihm abgespritzt. Es war toll. Leider das einzig Schöne an diesem Tag/Nacht.

Eigentlich fing der Tag mit einem Ausflug ins Grüne gut an. Doch am Abend hatte Paul plötzlich keine Lust mehr auszugehen, und wir landeten mal wieder vor dem Fernseher. Ich komme mir vor wie mein eigener Großvater! Aber ich sollte nicht jammern, sondern einfach alleine ausgehen.

24-06-84: Leon

Paul hängt mich, nachdem wir lange im Bett geschmust haben, an den Balken. Er verbindet mir die Augen, wichst mich. Zuerst bin ich nicht so scharf aufs Hängen, werde aber doch geil. Paul entzündet eine Kerze und läßt Wachs an meinem Körper hinunterlaufen. Er bestraft mich mit Peitschenschlägen, weil ich mich heute weder rasiert noch Tagebuch geschrieben habe. Immer wieder wichst Er mich, ich platze fast. Dann vor Ihm auf die Knie, wichse Ihn. Wichse, bis Er spritzt. Ich verkrieche mich zum Schreiben vors Bett, doch Paul holt mich zu sich. Ich habe nicht gespritzt, trotzdem war es geil, am Balken zu hängen.

Als ich gestern schon mit dem Schreiben für heute anfing, hörte ich nach ein paar Zeilen auf. Nach der «Behandlung» kann ich nicht sofort darüber schreiben. Es ist komisch, ich lag bei mir auf dem Bett, wurde geil, als ich das Wachs noch auf meinen Schultern spürte, doch konnte ich es nicht niederschreiben. Ein ganz komisches Gefühl. Es macht mich stolz, wenn Paul mich so behandelt. Was gestern Schmerz und ein bißchen Wut war, ist heute in meinen Gedanken zu Geilheit geworden. Ich wußte auch gestern schon, daß ich heute über die Behandlung schreiben kann. Nur warum ich gestern nicht sofort schreiben konnte oder warum ich überhaupt die SM-Spiele nicht sofort überdenken kann, ist mir nicht klar.

Mir hängt der «verpatzte» Samstagabend immer noch nach. Auch am Balken mußte ich daran denken und wurde bei jedem Schlag trotziger. Trotz oder Selbstquälerei? Ich quäle mich ja selbst, wenn mich Paul schlägt und ich trotzig reagiere. Ich quäle mich selbst, wenn ich mich vor Sein Bett lege, obwohl Er mir anbietet, bei Ihm zu schlafen. «Du hast mich geschlagen, jetzt schlafe ich nicht bei dir!» Ich tu mir selbst dabei weh!

Doch noch einmal zum Samstag. Ich brauche die Selbstbestätigung durch andere, die Anerkennung und Anmache in den Kneipen bestätigt mein Leben in Leder. Auch zeige ich mich gern mit Paul, wenn Er sich ausnahmsweise mal in Leder hüllt. Ich mag meinen Meister in Leder. Es macht mich an, deshalb bin ich immer etwas enttäuscht, wenn Er in möglichst bequemer Kleidung herumläuft. Am Samstag wollte ich mich mit Paul – mit meinem Meister – zeigen! Es ist nur der äußere Eindruck, trotzdem sinkt Paul in meiner Achtung, wenn er, anstatt sich in Leder zu zeigen, darauf bedacht ist, sich möglichst bequem anzuziehen.

Ich möchte von Paul trainiert werden. Trainiert im Geilsein am Balken und bei anderen Spielen.

Ich will nicht trotzig am Balken hängen, sondern freiwillig die Schläge hinnehmen.

Dies ist schon oft vorgekommen, doch längst nicht immer.

Ich möchte von Paul Schritt für Schritt aufgebaut werden, keine Hau-ruck-Nummern. Schnell mal an den Balken ketten, vielleicht noch nicht mal geil, ein paar Peitschenschläge und dann den Meister wichsen. Das ist eine S-, aber keine SM-Beziehung! Aber ich will hier nicht schreiben, wir hätten keine SM-

Beziehung, wir bauen ja uns beide auf. Paul muß genauso an mir arbeiten wie ich selbst, und ich an Paul wie Er an sich selbst. Ich habe das Problem, an Paul manchmal die Bequemlichkeit zu spüren. Bequem, sich einfach hinzulegen, sich wichsen oder behandeln zu lassen oder zu schlagen, ohne etwas für mich zu tun. In diesen Situationen bin ich (noch) unfähig, Seine Bequemlichkeit für meine eigene Geilheit zu nutzen.

25-06-84: Leon

Heute könnte ich mal wieder schreiben: «Nichts Großes passiert, außer mit Handschellen und Halsband geschlafen, was ja auch schon fast selbstverständlich ist.» Doch was ist nichts Großes? Ich, wir, meinen, daß in den letzten Wochen nicht viel in unserer SM-Beziehung passiert ist. Vor kurzem wäre mir eine Nacht in Handschellen oder auf dem Boden mindestens eine Seite in diesem Buch wert gewesen. Noch immer bin ich nicht an einer absoluten Grenze, abgesehen von einigen Berührungen. Ich spüre eine Entwicklung in mir, die Paul schon zu Anfang unserer SM-Beziehung angestrebt hat: das Entwickeln eigener Phantasien. Ich entdecke in mir aber nicht nur Neigungen als maso, sondern auch als maso, der seinen Herrn in aktiver Rolle bedient. Jetzt fällt mir gerade ein, daß ich Lust dazu habe, Paul zu behandeln. Ein Drängen, Ihn zu schlagen.

Manchmal denke ich, daß Er mich nur deshalb schlägt oder fesselt, weil es zu Seiner Rolle als Meister gehört. Ich glaube, Er tut es dann eher aus dem Kopf heraus, ohne dabei sexuell erregt zu sein. Mein Vorteil liegt darin, daß ich mir eigentlich aussuchen kann, wann ich Paul schlage, mir aussuche, wann ich die Rollen vertausche. Bis auf eine Ausnahme, an die ich mich erinnern kann, bei der Paul mir befahl, Ihn zu fesseln, und ich keine Lust dazu hatte.

26-06-84: Leon

Bin heute nicht gut drauf. Mir wird bewußt, daß ich eigentlich nach Hamburg ziehen möchte. Sehe nur den Streß im Geschäft. Denke über SM nach und über meine Unfähigkeit, Pauls Befehle für mich sexuell umzusetzen und Seinen Aufforderungen nachzukommen.

Nachdem ich mich gestern, nach etlichen Nachhilfen, rasierte, wollte ich Paul heute gleich damit erpressen. Ich weigerte mich, ins Schwimmbad mitzugehen und mich nackt zu duschen. Mich belastet die Rasur doch sehr. Ganz abgesehen von den ständigen Entzündungen, komme ich mir entblößt vor, wenn ich nackt unter der Dusche stehe. Wenn ich mich so nackt einem Schwulen zeige, bin ich sogar stolz, aber gegenüber den «Normalen» habe ich da noch große Hemmungen. Ganz automatisch werde ich versuchen, mich so wenig wie möglich nackt zu zeigen.

Also lag ich heute schlafend im Wohnzimmer, bis Paul vom Schwimmen kam. Drückte mich später wortlos an Seinen Körper und schlief wieder ein.

Paul

Ich finde das unheimlich toll, was du die letzten Tage geschrieben hast! Weiter so, maso!

30-06-84: Leon

Paul fährt mit Freunden weg. Er fehlt mir, und ich wünsche, daß Er jetzt bei mir ist. Prompt ruft Er von unterwegs an. Ich freue mich, daß Er zurückfährt. Obwohl nichts Sexuelles läuft, bin ich glücklich und schlafe in Seinen Armen ein.

Juli

01-07-84: Leon

Paul hängt immer noch an das Bett gekettet, obwohl Er schon abgespritzt hat.

Ich habe Ihn schon heute morgen gleich nach dem Aufwachen gefesselt, und es gefällt Ihm.

02-07-84: Leon

Ich stelle fest, daß ich über SM weniger nachdenke als noch vor kurzem. Das morgendliche Ritual, das Verbot, meinen Schwanz anzufassen, sind Alltag geworden.

Ich fühle, daß Paul in den letzten Tagen mehr einen Meister braucht als einen maso. Einen Meister oder Freund? Wie kann ich das auseinanderhalten?

Wird unser Rollenverhalten durch die Weiterentwicklung unserer SM-Beziehung gegenstandslos? Ich erlebe eine Weiterentwicklung von zuerst rein masochistischen Gefühlen zu S- und M-Neigungen.

Meine früheren Bedenken wegen eines «zu schwachen Meisters» sind so nicht mehr richtig. Ein absolut starker Meister würde nie einen maso haben. Er müßte den maso zerstören, wie auch der maso sich nach kurzer Zeit zerstören würde. Wenn sich meine Liebe zu Paul rein masochistisch äußern würde, wäre ich jetzt nicht mehr am Leben.

Die theoretischen Überlegungen, wie sie im Buch «MS» beschrieben werden, daß man S und M ganz klar voneinander trennen kann, stimmen nicht. Auch die Rollenumkehr, von der Paul jetzt ab und an spricht, kann so nicht stattfinden. Er kann mich nicht zu Seinem Meister machen, ich würde Meister durch Seinen Willen, also nicht Sein Meister.

Da SM in einer Beziehung kein «Spiel» ist, unterscheidet es sich also grundsätzlich von SM außerhalb fester Beziehungen. Das Meister-maso-Bild, das man in einer Nacht aufrechterhält, vielleicht sogar nur in der Phantasie, wird in einer SM-Beziehung zur Farce.

Ein Meister hat auch seine schwachen Seiten, wie auch der maso seine starken. Das kann man nicht durch Bodybuilding oder Schlüsselbunde rechts oder links kaschieren.

11-07-84: Paul

Ich bin im Moment wirklich kein Meister. Bei mir herrscht Krisenstimmung, Perspektivlosigkeit. Bisher konnte ich durch den und beim SM Ablenkung finden – aber jetzt...

Ich bin momentan nur zu einer passiven Behandlung fähig. Daß dabei die maso-Erziehung auf der Strecke bleibt, ist sehr deutlich. Speziell in vier Punkten:
▷ Buch jeden Tag schreiben
▷ in SM-Kleidung schlafen
▷ auf der Erde schlafen
▷ wenn überhaupt, nur mit Erlaubnis spritzen, auch in dominanter Rolle

Ich sehe das aber als eine normale «Unterbrechung» an und würde nicht, wie mein maso das tut, daraus eine neue Theorie über die Wechselbeziehung zwischen S+M und M+S entwickeln.

Es ist zwar eine Tatsache, daß ich ab und zu, speziell im Moment, masochistische Tendenzen habe, aber dies kann sich ein Meister beim Stand unseres SM durchaus erlauben. Ich werde die Meisterrolle beibehalten und die Erziehung nach dieser Unterbrechung weiterführen.

Zur Zeit hast du noch Gelegenheit, etwas lockerer zu leben, beziehungsweise ab und an eine S-Rolle zu übernehmen. Zu einer größeren Meisterrolle bist du aber (noch) nicht befugt und in der Lage.

Hoffentlich bessert sich mein Zustand. Sicherlich hängt das mit meiner persönlichen Perspektive zusammen. Dabei kannst du mir helfen!

Ich war heute vormittag seit Tagen wieder einmal so richtig geil auf Sex mit Kopfmaske, Leder, Ketten – das war ich in den letzten Tagen auch nicht mehr.

Ich finde es toll, daß du bald Urlaub machst. Laß uns zusammen irgendwo hinfahren.

Aus alldem schließe ich, daß ich die Rollenthese und auch die Rollentauschthese aufrechterhalte. Es gibt zwar Unterschiede zwischen Eine-Nacht-Bekanntschaften und SM-Beziehungen, die aber an den grundsätzlichen Rollen nichts ändern. Fest steht, daß ich dich zur Zeit zum maso erziehe. Was danach kommt, weiß ich auch nicht. Dies ist grundsätzlicher und wesentlicher Bestandteil unserer Beziehung und unserer Liebe.

Merke dir das, maso!

13-07-84: Leon

Mit «Paul helfen» ist es nicht so einfach, wie Er sich das vielleicht vorstellt. Ich stehe Pauls Depressionen doch noch immer machtlos gegenüber. Vielleicht, weil ich zu egoistisch bin und gleich an meine eigenen Probleme denke, doch Paul läßt auch niemanden an sich heran.

Es gibt Probleme mit dem Urlaub, der eigentlich keine Probleme macht. Doch Paul macht eine Tragödie daraus, wenn ich nicht so reagiere, wie Er es sich vorgestellt hat. Er stellt den ganzen Urlaub in Frage. Ich freue mich riesig auf die Ferien: Amsterdam, Hamburg. Aber wenn Paul so schlecht drauf ist, fällt es mir schwer, meine Freude zu zeigen. Gestern fiel mir auf, daß wir fast nicht miteinander redeten. Wir glotzten in die Röhre, und dann verkroch sich Paul ohne ein Wort ins Bett. Ich wünsche mir, daß Paul bei mir Trost sucht, wenn es Ihm dreckig geht. Ich brauche Paul und bin durch unsere Beziehung gestärkt, auch wenn es mir mal nicht so gut geht. Brauchst Du mich? Dann zeig es mir bitte, oder sag es mir!

25-07-84: Leon

Aus diesem Buch entwickelt sich langsam eine Monatsschrift!

Ich glaube, ich werde wieder jeden Tag schreiben. Die letzten Wochen ging es ständig rauf und runter. Vom Streit und Frust bis zu total geilen SM-Spielen. Irgendwie müssen wir es schaffen weiterzukommen. Vor allem beim SM. Wenn ich mir Pauls letzten Eintrag durchlese, sehe ich viele Entschuldigungen und Rechtfertigungen. Begründungen, warum Er sich «behandeln» läßt: Er «darf es sich erlauben».

Wir machen uns SM durch dieses Buch schwieriger, weil viele Sachen theoretisiert werden. Doch glaube ich, nur durch eine Diskussion, sei es durch das Buch oder mündlich (was wir viel zuwenig tun), können wir beim SM und in unserer SM-Beziehung weiterkommen. Doch ist mir vieles zu theoretisch, und ich versage, wenn Paul oder ich theoretische Neigungen in die Tat umsetzen wollen. Es gibt Stufen, für die wir noch nicht weit genug entwickelt sind, die wir auch nicht erzwingen können. Erst wenn bei Paul und mir ein Verlangen danach entsteht, können wir es schaffen.

So zum Beispiel letzte Nacht. Es bringt mir einfach nichts, wenn ich ungeil von Paul gefesselt und geschlagen werde. Durch zweimal Schwanz anfassen und Pauls Schwanz lutschen werde ich nicht geil. Das einzige, was dabei herauskommt, sind Aggressionen gegen den Meister. Sicher will ich von Paul behandelt werden, doch das bedarf anderer Vorbereitung. Ich kann mich an Situationen erinnern, bei denen ich Paul die Gerte oder Peitsche sogar brachte und geschlagen werden wollte. Ich kann mir nicht vorstellen, daß Erlebnisse wie letzte Nacht Paul absolut befriedigen. Ich denke, Er hat mehr davon, wenn ich gefühlsmäßig dabei bin.

Meister = aktiv, doch ich muß es fertigbringen, Seine Aktivitäten in meine Geilheit umzusetzen. Ein Stück Arbeit für uns beide, ohne die aber nichts weitergeht. Paul muß aktiver werden, und ich muß es schaffen, Ihn dabei zu unterstützen, durch Gesten, Anspielungen etc. Diese Schwelle wird uns auch nicht durch Verordnungen, Ge- und Verbote genommen. Wir reden auch zuwenig über unsere Empfindungen, über unsere Wünsche und Gefühle beim Sex. Ich will keine Diskussionen beim Sex, aber es macht mich wahnsinnig an, wenn Paul mir etwas befiehlt oder von mir fordert.

Ich sehe wieder einen Anfang, obwohl wir ja schon mitten im SM sind. Wenn ich mir meine Gedanken vom 10-07 und Pauls Antwort dazu durchlese, sehen wir doch einiges unterschiedlich. Wir sollten darüber reden.

26-07-84: Leon

Dritter Urlaubstag. Wir sind jetzt in Holland. Ob Deutschland, Belgien oder Niederlande, Schwulen begegnet man überall, und schwul erkennt sich!

Paul und ich haben uns heute über SM im allgemeinen und im besonderen unterhalten. Er verstand meine gestrige Kritik erst einmal als negativ. Paul wird an mir und an sich selbst noch ganz schön arbeiten müssen – genauso wie ich. Ich bin zu einer wichtigen Erkenntnis gekommen: Die Kraft für eine kontinuierliche SM-Beziehung kommt von der «Harmonie» beim Sex.

Im Lauf des Tages wird mir klar, daß ich Paul mit «Meisterformat» brauche, um Ihn als meinen Meister zu akzeptieren. Er muß sich durch Seine äußere Erscheinung und Dominanz profilieren. Bei einem One-night-Stand hätte ich diese Probleme nicht. In einer Nacht kann Er befehlen und Seinen maso dirigieren. Aber ich kenne Paul ja nicht nur in Leder mit Peitsche in der Hand, deshalb muß Er auch Sein Tagesimage an Seine Rolle anpassen. Es ist für mich immer noch unheimlich aufregend, nicht nur SM-Sex zu praktizieren, sondern SM in den Alltag zu integrieren. Irgendwo schwingt immer ein bißchen Angst mit, nicht zu wissen, wie tief man versinkt.

27-07-84: Leon

Morgen geht's nach Amsterdam! Ich freue mich auf das schwule Hotel, schwule Cafés, Nachtleben, Anmache, Spielsachen und Leder. Mit Paul endlich wieder in einem anständigen Bett liegen. Ich will mich austoben!

Ich spüre zwischen Paul und mir wieder eine Beziehung, wir werden beim SM weitermachen können, obwohl an den vergangenen Tagen kaum Gelegenheit dazu war. Er soll nachhelfen.

Doch erst einmal Amsterdam und dann zum Ledertreffen nach Hamburg.

29-07-84: Paul

Wenn ich mir meinen letzten Eintrag (über zwei Wochen her, 11-07-84) noch mal durchlese, muß ich sagen, das waren noch Zeiten, oder besser, das waren reichlich geklopfte Sprüche: «Ich erziehe Leon zum maso». So ein Quatsch, zumindest im Moment, obwohl dieser Moment schon sehr lange dauert und kein Ende, beziehungsweise kein Anfang von SM in Sicht ist. SM im Sinn von Weiterentwicklung. Wir machen zwar noch die eine oder andere Sache, aber mit der Zeit vor meiner «Krise» ist das überhaupt nicht zu vergleichen. Es liegt hauptsächlich daran, daß ich mir minderwertig und klein vorkomme. Keine Arbeit, jede Ausgabe überlegen müssen, und so weiter. Ich leiste nichts für mich, an das ich glauben kann und was mich aufbauen würde. Der Besuch gestern im Rotterdamer Hafen und an Bord des neuen Schiffs hat mir meine durch Politik gestoppte Karriereentwicklung mal wieder vor Augen geführt. Damals habe ich im Hafen gearbeitet, und heute lief ich als kleiner, nicht wahrgenommener Besucher an Bord umher.

Wenn ich nicht bald etwas tun kann, wird sich mein «Zustand» keinesfalls ändern. In diesem Zustand bin ich sicherlich kein Meister. Jetzt, da wir erst mal alle Regeln und Verordnungen «ausgesetzt» haben, kann mich meine Meisterrolle auch nicht mehr über Wasser halten. Es ist klar, daß Leon einem solchen Bild nicht «masohaft» entgegentreten kann. So ist alles offen, jeder wartet auf das entscheidende Ereignis, das alles ändert beziehungsweise weiterführt (??). So machen wir nichts Halbes und nichts Ganzes, und fast alles ist Scheiße.

Leon

Alles Scheiße stimmt nicht. Wir haben erst einmal uns, und ich liebe Paul, das ist das Zweite nicht Beschissene. Ich denke, das sollte uns oben halten, denn die Arbeitslosenzeit geht vorbei. Und wenn wir «nichts Halbes und nichts Ganzes» beim Sex machen, so bringt es doch meistens Spaß. Daß es Paul besser geht, sieht man schon daran, daß Er wieder ins Buch geschrieben hat. Das Problem liegt auch nicht an der Arbeitslosigkeit allein (Paul ist jetzt zwei Jahre arbeitslos), sondern daran, daß Er es nicht mehr verarbeiten kann.

Heute nacht war ich auf Achse. In einer Lederbar hatte ich einige «Hautkontakte». Ein Bodybuilder, der mir gut gefiel, fand sich im Darkroom wieder. Er bumste mich in einer Kabine. Ich war total fertig und müde. Im Hotel weckte ich Paul, um mit Ihm kurz zu spielen. Ich hatte mir meinen Orgasmus für Paul aufgehoben.

30-07-84: Leon

Wie sich heute herausstellte, war der Typ in der Lederkneipe Argos der Besitzer. Er lud mich zum Strand ein. Paul und ich schmorten den ganzen Tag in der Sonne. Ein richtiger Faulenztag. Abends wieder ins Argos. Kees zeigte sich erfreut, daß ich allein kam, kümmerte sich aber doch nicht sehr um mich, da er in der Kneipe viel zu tun hatte. Trotzdem genoß ich die lederschwule Umgebung, Anmache, Macker in Leder und Uniform. Kurz vor Schluß fragte mich Kees dann doch, ob ich nicht bleiben wolle, und ich tat es. Er hatte wenig Zeit, so wichsten und leckten wir nur gegenseitig die Schwänze. Er ist etwas traurig, so sagt er, daß ich die letzte Nacht in Amsterdam bin. Er bot mir ein Zimmer in seiner Wohnung an, wenn ich mal wieder in die Stadt komme. Wir könnten dann ja unsere etwas zu kurz geratene Szene nachholen. «Vielleicht in zwei Monaten?» fragte er. Raus aus der Kneipe und zurück zu meinem Mann ins Hotel, der im Bett lag.

Ich glaube, ich habe den ganzen Tag nichts anderes getan als gespritzt, denn schon wieder ein Orgasmus mit Paul zusammen. Schweißnaß schlafe ich ein.

31-07-84: Leon

Heute ist Spielzeugeinkauf angesagt. Nachdem wir das Auto gepackt und uns Fahrräder geliehen hatten, fuhren wir zu ROB, einem Geschäft für Spielzeug, ein ganzer Keller voll. Schon als ich die steilen Stufen hinabsteige, schlägt mir der intensive Lederduft entgegen und macht mich etwas benommen und geil. Rob probiert gerade einem Kunden ein Geschirr an. Nackt und mit

Ständer, den Rob ab und an wieder hocharbeitet. Wir probieren zig Sachen aus, Paul läßt mich mich ausziehen und legt mir einige Ledersachen zum Ausprobieren an. Nach lauter An- und Ausprobieren hänge ich irgendwann in einer Kopfmaske unter der Kellerdecke. Rob und Paul bearbeiten meinen Schwanz und die Titten. Ich spritze ab.

Als wir wieder auf die Fahrräder steigen, waren wir fast drei Stunden bei Rob. Nach einem kleinen Ärger bei der Abgabe der Fahrräder brechen wir unsere Zelte in Amsterdam ab. Paul will auf der Fahrt die Kopfmaske und die neuen Handschellen an mir ausprobieren. Paul hat Seinen neuen Gürtel mit Schulterriemen angezogen. Derart ausgerüstet fahren wir los. Auf der Hauptstraße zum Bahnhof überholt uns ein Polizeiwagen. Es geht alles so schnell, daß ich gar nicht reagieren kann. Wir werden gestoppt, sechs Streifenwagen haben uns mitten auf der Hauptstraße eingekreist. Paul wird aus dem Wagen gezerrt, und uniformierte Polizisten springen auf die Wagenrückbank. Sie durchwühlen unser Gepäck. Erst jetzt kommt mir der Gedanke, den Knebel aus dem Mund und die Kopfmaske (ohne Augenschlitze) abzunehmen. Als ich einen Bullen, der gerade die Beifahrertür aufgerissen hat, frage, was sie eigentlich wollen, gucken sie doch etwas dusselig aus ihren Uniformen. In der Zwischenzeit haben sich Menschenmassen ums Auto versammelt und glotzen. Die Straßenseite ist immer noch gesperrt. Eine Polizistin, die gerade den Kofferraum durchsucht und in einer Plastiktüte von ROB kramt, frage ich: «Und jetzt?» Sie muß lachen, als sie merkt, daß es sich um SM-Spielzeug handelt. Paul darf wieder einsteigen, und die Polizeisperre löst sich so schnell auf, wie sie entstanden ist. Es war so schnell vorbei, daß es fast ein Traum gewesen sein könnte. Die Bullen haben Paul erklärt, daß sie eine Nachricht bekommen hätten, es sei eine Waffe im Auto und es liege eine Entführung vor. Die Polizei dürfte hier in Amsterdam mit SM doch schon etwas vertrauter sein. So löste sich alles in Schall und Rauch auf. In unserem Land wäre es sicherlich nicht so schnell und problemlos gegangen. Erst hinterher merken wir, daß unsere Knie ganz schön weich geworden waren.

Wir fahren in Richtung Norden und übernachten in einer kleinen Stadt auf dem Kirchenparkplatz. Paul «dressiert» mich mit Befehlen. Ich komme ganz schön ins Schwitzen unter der Ledermaske, denn Paul läßt sich Zeit mit dem Abspritzen.

August

01-08-84: Leon

Heute haben wir einen Ausflug auf eine Insel gemacht. Den ganzen Tag schlenderten wir am Meer entlang, aßen Joghurt und spazierten durch die Dünen.
Wir verbringen die letzte Nacht in den Niederlanden.

02-08-84: Leon

O Wunder, ohne großen Streß über die Grenze. Die BRD hat uns wieder! Wir gehen erst einmal in einem Dorf hinter der Grenze ins Freibad und erregen großes Aufsehen mit unseren Brustringen und Pauls Fußband. Wir sehen uns ein paar Städte an und halten dann in Emden, eigentlich nur, um Kaffee zu trinken und vielleicht ins Kino zu gehen. Uns fällt ein Typ auf, der uns beobachtet und sogar nachgeht, bis er uns plötzlich einen Blick zuwirft und in einer Klappe verschwindet. Also ein Schwuler in diesem Nest, der es auf Leder abgesehen hat. Paul, der langsam in Seine Meisterrolle zurückfindet, befiehlt mir, ihn anzumachen. Also runter an die Pissrinne, keiner da. Doch bald steht der Typ neben mir. Mit einer Handbewegung deutet er an, ich solle mit nach oben kommen. Vor der Klappe fragt er mich, ob ich mit zu ihm nach Hause kommen will. Wir suchen Paul, um Ihn zu fragen. Bei ihm in der Wohnung wird ihm langsam klar, wie unser Verhältnis aufgebaut ist. Als er mir die Jacke ausziehen will, muß er erst meinen Arm vom Gürtel ablösen, den mir Paul dort festgebunden hat. Wir beide liegen dann nackt auf der Erde, und Paul schaut uns vom «sicheren» Sessel aus zu. Der Typ ist vom Geschirr angetan und würde es auch gern mal probieren. Doch Paul meint, die Nacht sei ja noch lang. Sein Kopf ist zwischen Pauls Stiefel geklemmt, und ich bearbeite Schwanz und Titten, bis er eine Riesenladung losspritzt.

Wir holen zu dritt das Auto, und er erzählt uns, daß er etwas auf Leder steht und ab und zu auch mal was mit SM macht. Als das Spielzeug in der Wohnung ist, bleibt Paul erst mal angezogen. Er schnürt den Typen ein und verpaßt mir eine Kopfmaske. Erst jetzt zieht Er sich auch aus. Ich liege zwischen zwei Schwänzen und darf selbst nicht spritzen. Paul klatscht dem Typ eine, warum, weiß ich auch nicht. Der ist etwas verstört, macht aber weiter. Paul dirigiert mich mit gespreizten Beinen über den Mann und probiert an mir die neue Gerte aus. Die Schläge sind dem anderen doch zuviel. Er spritzt zwar ab, zieht sich aber sofort zurück und sieht zu, wie ich jetzt Paul die Maske aufziehe, Ihm die Eier abschnüre und Ihn wichse.

Wir merken, daß der Typ es gerne hätte, wenn wir gingen. Er kocht noch Tee, und ich will wissen, was ihm zuviel war. Aber er kann es mir nicht sagen, oder er will es nicht. Genauso, wie Peter nie mehr gekommen ist oder etwas von sich hat hören lassen. Trotzdem kommen wir ganz gut ins Gespräch. Er meint schließlich, wir sollten doch bei ihm pennen. Als wir uns zum Schlafen rüsten, ist Wolfgang schon wieder geil. Wir liegen zu dritt auf der Matratze, und ich genieße es, mit ihm zu spielen. Immer wieder stoppe ich seine Wichsbewegungen vor dem Abspritzen. Kurz vor dem Höhepunkt will er, daß ich ihn anspritze, doch das verbietet Paul. Wolfgang kapiert es nicht. Er ist fast erschrocken, als ich ihm auf Pauls Befehl die Wichse vom Bauch lecken will. Wir quatschen noch lange im Bett, bis wir, unruhig vom vielen Tee, einschlafen.

03-08-84: Leon

Frühstück bei Wolfgang, Adressenaustausch. Wir fahren weiter. Suchen uns ein Plätzchen zum Auspennen, denn in dieser Nacht hat keiner viel geschlafen. Wir beschließen, uns ein Zimmer zu nehmen. Wir liegen in den Betten, wichsen, ich bumse Paul nach langer Zeit mal wieder. Er bittet mich, Ihn «einzuschnüren», solange ich essen bin, damit Er sich keinen abwichsen kann. Nach dem Essen ist Pauls Schwanz sofort wieder steif. Ich wasche Paul, föne Seine Haare, die heute geschnitten wurden. Paul sagt, daß Er die Liebe zu mir wieder spüre. Er spritzt intensiv ab. Ich bitte Ihn, mir die Hände zu versorgen, damit ich nicht in Versuchung komme, mir in der Nacht einen zu wichsen. Mit dem neuen, breiten Halsband und dem Handsack versorgt, schlafe ich neben meinem Liebsten ein.

04-08-84: Leon

Das Aufwachen ist genauso schön wie das Einschlafen. Ich spüre meinen steifen Schwanz an Pauls Arsch gepreßt. Er ist auch sofort wieder geil. Morgendliche Begrüßung, und Paul schnürt meinen Kopf in die Ledermaske. Wir machen weiter, wo wir gestern nacht aufgehört hatten. Ich habe ja seit Tagen nicht mehr gespritzt, binde Pauls Eier ab, mir fällt auf, daß ich das jetzt fast immer mache, wenn ich Paul wichse. Irgendwie hab ich den Wunsch, von Paul oder einem anderen gebumst zu werden. Selbst wenn wir einen Dildo dabei hätten, er ist doch kein Ersatz für einen Mackerschwanz. Nach einem kräftigen Frühstück fahren wir in die Stadt. Paul zeigt mir Seine Kindheitsorte, erklärt, wie es früher ausgesehen hat.

Abends zu Heino. Paul beschwert sich beiläufig bei mir, daß ich nicht am Boden sitze und den Tee falsch serviere. Ich hätte mir gewünscht, Er prügelt mich einfach aus dem Sessel. Mir wurde gar nicht bewußt, daß ich mich nicht masohaft benehme. Irgendwann sind wir dann dabei, Heino das neue Spielzeug von ROB zu zeigen und «vorzuführen». Voll ausgerüstet stehe ich nun nackt vor den Männern, kann kaum etwas hören und schon gar nichts sehen. Heino wickelt mich in Gummi ein. Anfänglich glaube ich, ersticken zu müssen, so straff sitzen die Bandagen. Ich bekomme fast Platzangst, wenn doch wenigstens die Maske nicht wäre. Trotzdem habe ich einen kleinen Ständer. Meine Geilheit vertreibt die Angst. Mir tropft die Soße aus der Gummihaut. Sie verschnüren mir Sack und Schwanz mit Gummi, Heino führt irgendwas in meine Harnröhre ein. Ich hab etwas Angst vor dem, was jetzt kommt. Plötzlich drückt es mir die Magensäure aus dem Mund. Ich stöhne vor Angst. Heino «entwickelt» mich schnell, mir ist schlecht. Vielleicht war das Ausprobieren der neuen Gerte zuviel, obwohl es geil war. Paul befiehlt mir weiterzumachen, verdrischt mir den Arsch und den Rücken noch mal mit einem Gummistück. Heino bandagiert mich mit Gummiseilen. Ich muß Heino blasen und wichsen, er hat sich ein Kondom und Gummihandschuhe übergestreift. Ich wichse Paul, binde Ihm den Schwanz ab, und Er spritzt.

Heino und ich machen uns zum Ausgehen fertig, wir wollen in die Kneipe. Paul will natürlich nicht mit. Als Er mir das breite Halsband umlegt und ich sage, daß es mir nicht gefällt, daß ich es nur tragen möchte, wenn Er mitkommt, ist es bei Ihm wieder mal aus. Er ist sofort auf hundert. Ich könne ja tun und lassen, was ich will, Ihm sei es egal. Mir wird bewußt, daß ich mich nicht masohaft benommen habe. Ich will, daß Er mir das Band umlegt, doch es ist aus. So gehe ich mit Heino bedrückt ins Chaps. Denke ständig, wie ich meinen Fehler wiedergutmachen kann. Aber es ärgert mich auch, daß sich Paul so «unmeisterlich» benommen hat. Er hätte mich verprügeln können oder mir verbal anders begegnen sollen. Ich beschließe, mich vor Ihm auf die Knie zu werfen und Ihm die Stiefel zu küssen, sobald Er ins überfüllte Chaps kommt, um uns abzuholen. Ich reagiere auf keine Anmache, obwohl sogar der Wirt mir Bier spendiert und ich einige eindeutige Angebote kriege. Paul kommt, doch mit der Begrüßung wird es nichts, Er ist abweisend wie nur was. Zusammengesunken sitze ich neben Ihm im Auto. Im Bett verkrieche ich mich an Seine Füße.

05-08-84: Paul

Hier bei meinem Vater auf dem Balkon, nach einem wunderschönen Tag mit meinem maso und vor allem nach einem guten Gespräch mit Heino im Bett zwischen Leon und mir geht es mir ausgezeichnet.

Ich bin im Moment sogar so zufrieden und sicher, daß ich gedanklich an die Planung des Brandzeichens für meinen maso gegangen bin. Ich will es ihm zum Geburtstag im Oktober schenken. Das Ganze soll im Hamburger SM-Laden der neuen Gruppe um Thomas stattfinden. Thomas soll dazu seine Meinung vortragen. Gäste, dreißig bis vierzig SMler, sollen dazu geladen werden, wenn maso sein P auf die rechte Arschbacke gebrannt kriegt. Handtellergroß soll das bleibende Zeichen unserer Liebe und unserer SM-Beziehung sein. Gefesselt an Decke und Boden, Hände und Füße gespreizt, ohne Betäubung soll er es empfangen. Anschließend soll eine große Feier mit Sekt stattfinden. Es sind allerhand Vorbereitungen bis dahin zu treffen. Ein Arzt soll dabeisein. Ausführen werde ich es selbst.

Ich habe meinem maso heute gesagt, ich hätte für ihn ein passendes Geschenk zum Geburtstag, und prompt hat er es erraten. Schade, oder auch nicht, denn so kann er sich vorbereiten und Angst schieben, auch nicht schlecht!

Obwohl die letzten Tage und Wochen im und vor dem Urlaub aufgrund meines Frusts sehr schwierig waren und beim SM sogar eine Pause war, glaube ich, es ist soweit. Die Zeit ist reif und gegeben, zumindest zur Planung der «Brandmarkung». Wir werden beide in der Zeit bis zur «Feier» noch einige Gelegenheit haben, unsere letzten Diskussionen in der praktischen Umsetzung zu testen.

Ich liebe dich sehr als maso-Freund, denn gerade diese Verbindung macht dich so begehrenswert. Ich habe gestern trotz der Enttäuschung mit dem Disziplinhalsband deine Lederschönheit unheimlich genossen, gerade auch deine Haltung (Stiefelküssen, kniend) am Auto. Ich war und bin so stolz, einen solchen maso quasi zu «besitzen», ihn zu Sachen zu «treiben», die weiterführen zu neuen SM-Erfahrungen. Es ist so aufregend und so schön.

Mir hat die Entwicklung unserer Sexualität gerade in den letzten Tagen und Wochen sehr über den Frust der Zeit geholfen. Sehr viel mehr als bei jeder anderen Freundschaft bisher, dies soll mein maso als Kompliment verstehen!

Es ist mittlerweile schon wieder kurz vor Mitternacht. Ich stehe mit dem Auto neben dem Chaps und habe meinen maso in die Sub geschickt, um Leute anzumachen für eine «Session» in den kommenden Tagen/Nächten hier in Hamburg. Ich will hier in Hamburg noch ein paar richtige SM-Erlebnisse haben. Jetzt sind wir in der Lage dazu. Bisher haben wir den Urlaub dazu gebraucht, bei uns die Grundlagen für SM wieder zu festigen. Also los – ausleben! Den ganzen Tag geil, Leder und Spielsachen dabei, zusammen, Zeit vorhanden, sag bloß ja, maso!

Aber noch mal zu gestern nacht:

Die Action bei Heino, der erste richtige sexuelle SM-Act mit Heino, war toll. Leon wurde stramm in Gummi eingewickelt (das wird er selbst noch beschreiben). Nach mittlerer Gertenbehandlung für Sesselsitzen und schlechtes Servieren weigerte er sich, das neue Disziplinhalsband für die Sub anzulegen! Selbst nach Aufforderung. Ich reagierte falsch und war enttäuscht, stellte wieder mal unsere Meister-maso-Handlungen ganz in Frage.

Jetzt freue ich mich auf meinen maso, auf unser Bett bei meinen Eltern und auf unsere Liebe.

Leon

Morgens bin ich sehr um Pauls Geilheit bemüht. Lange sauge ich Seine Eier im Mund, stoße Seinen Ständer in meinen Hals. Sein Arschloch ist ganz entspannt, so daß ich mit meiner Zunge leicht eindringen kann. Ich will, daß Er noch mal kommt, doch selbst Fesseln und Maske lassen keinen Saft mehr aus Seinem Schwanz spritzen. Endlich können wir über gestern nacht reden. Paul hat schon wieder allein Beschlüsse gefaßt. Ich versuche, Paul klarzumachen, daß ich Angst habe, wenn Er über mein Leben bestimmen will, ohne daß ich soweit bin. Und gestern kam das bei mir hoch. Für mich ist Subkultur noch freies Land, so, wie ich in der Arbeit tun und lassen kann, was ich will, oder essen, wann ich Hunger habe. Es liegt sicher daran, daß Paul nie mit mir in die Sub geht, es für Ihn eine fremde, unangenehme Welt ist, in der ich mich aber wohl fühle, meine Freiheit, meine Persönlichkeit ausleben will, wie es mir paßt. Das kann ich noch nicht aufgeben. In diese Freiheit hat Paul gestern eingegriffen, wollte mich «entstellen» mit einem Band, das ich nicht ästhetisch finde. Ich kann einfach noch nicht alles aufgeben. Doch ich will mit Paul weitermachen, behutsam, aber doch weiter. Wir müssen beide zusammen weiterkommen, das habe ich ja schon öfter geschrieben. Ich bin im Moment in der Lage, Schmerzen und Einschränkungen von Paul nicht in Aggression umzuwandeln, sondern in Geilheit, in «Bock auf Paul». Nur so kann ich weitermachen. Die Schwierigkeit, zwischen Freund und Meister einen Weg zu finden, wird immer größer. Gewöhnlich maso und auf Befehl Freund? Das geht nicht, doch mache ich den Fehler, zwischen Freund und Meister zu trennen. Paul ist ja beides gleichzeitig. Die Diskussion hellt den Himmel auf, und wir wollen beide an uns arbeiten.

Wir besuchen Pauls Eltern. Eigentlich ein sehr angenehmer Tag, wir reden viel miteinander. Beim Spazierengehen eröffnet mir Paul, daß Er jetzt weiß, was Er mir zum Geburtstag schenken will. Ich weiß es sofort. Das Brandzeichen, vor dem ich so große Angst habe. Paul will eine Zeremonie daraus machen, in Hamburg ein Fest für geladene Gäste mit Arzt etc. veranstalten. Reizen würde mich so ein «endgültiges Zeichen» von Paul schon, doch im Moment würde ich es nicht bringen, mir wurde ganz heiß, als mir Paul dies eröffnete. Vielleicht bin ich aber bis Ende Oktober soweit.

Paul will, daß ich heute noch mal ins Chaps gehe und vielleicht einen Typ oder mehrere für uns aufreiße. Heino erzählte uns, daß sich gestern nacht einige nach mir beziehungsweise mir und Paul erkundigt haben. In der Kneipe war aber nicht viel los. Um ein Uhr verließ ich die Bar, weil Paul auf mich wartete. Vor dem Chaps begrüßte ich Paul auf den Knien und küßte Seine Füße.

06-08-84: Leon

Wir fahren erst mal zum Lederschneider. Paul hat inzwischen so abgenommen, daß Seine Lederhose enger genäht werden muß. Er entschließt sich auch, noch einmal zum Friseur zu gehen, der Ihm prompt einen tollen Haarschnitt verpaßt. Ich bin ganz stolz auf Paul, und Er fühlt sich mit Seinem neuen «Layout» auch wohl, richtig «meisterlich». Wir bummeln durch Hamburg, kaufen neue Cockringe und einen Eierspreizer. Paul muß an jedem Spiegel stehenbleiben, um Sein neues Aussehen zu bewundern. Der Haarschnitt bestärkt Ihn und mich in Seiner Meisterrolle.

Wir rufen Heino an und verabreden uns in einem neuen schwulen Café. Auch er ist ganz weg von Pauls Frisur. Abends steht eine Bilderausstellung im Revolt Shop an. Die Lederwelt ist vertreten. Man beäugt sich etwas, redet über die Bilder und über Leder. Paul ist besoffen. Er hängt sich an mich, eigentlich überhaupt nicht meisterlich! Doch Er sagt, daß es einer der schönsten Tage ist und Er sich glücklich fühlt. Das stärkt mich, und ich freue mich mit Ihm. Sein «nicht meisterliches Verhalten» tritt für mich in den Hintergrund. Leider schafft Er es nicht, zwei Kerle, die Ihm unheimlich gefallen, anzumachen oder anzuquatschen.

Wir fahren zu Thomas' Wohngemeinschaft. Er erwartet uns schon. Wir reden noch lange über Neuigkeiten, natürlich geht es hauptsächlich um Pauls neues Auftreten, das Selbstbewußtsein, daß Er durch den neuen Haarschnitt erlangt hat. Todmüde gehe ich mit Ihm zu Bett. Doch Paul ist total geil. Er verprügelt mich mit der Gerte, weil ich beim Wichsen fast einschlafe. Eine Situation, die ich nicht masomäßig verarbeiten kann, Aggressionen kommen auf, doch beuge ich mich der Gewalt meines Meisters und stemme mich in die Rolle. Paul hat Lust, mich zu quälen. Er preßt mir den neuen Dildo ungeschmiert in den Arsch, ich drücke mich in die Decke, um nicht aufzuschreien. Paul merkt, daß ich zu müde bin, und läßt von mir ab. Ich will an Seinen Füßen schlafen, doch holt Er mich an Seine Seite. Verflogen sind die Aggressionen, und ich penne in Seinen Armen ein. Irgendwann am frühen Morgen wachen wir beide gleichzeitig vor Geilheit auf. Ich drücke mir jetzt den Dildo selbst in den Arsch und platze fast raus, so erregt mich der Druck auf meine Prostata. Ich flehe Paul an, mich abspritzen zu lassen, und nachdem Er Seinen erlösenden Abgang gehabt hat, darf ich auch spritzen, nach etlichen Tagen. Paul braucht mir nur die Vorhaut ein paarmal zurückzuschieben, und ich spritze schon eine große Ladung aufs Laken. Ich lecke alles auf und penne gleich wieder mit Paul ein.

07-08-84: Leon

Wir sind den ganzen Tag in Hamburg herumgefahren, haben uns abends mit Thomas nebst Freund zum Essen verabredet. Thomas ist ein SMler in einer ganz normalen Beziehung. Doch habe ich das Gefühl, daß sein Freund ganz anders als viele andere Nicht-Leder- oder SM-Schwulen an die Probleme dieser Sexualität rangeht.

Ach ja, ich vergaß ganz, vom «Zimmer» zu schreiben. Ein Kreis von SMlern richtet sich in Hamburg ein Zentrum ein, mit Kellerräumen und so weiter. Dies ist wohl einmalig in dieser Form. Beste Gelegenheit für ein SM- oder Leder-Coming-out und die Möglichkeit, über SM zu reden. Paul will meinen Geburtstag in diesem «Zimmer» feiern. Irgendwie ist mir meine Heimatstadt so weit weg. Als wenn es unsere Wohnung und das Geschäft nicht geben würde ...

08-08-84: Leon

Das Programm in Hamburg verdichtet sich noch mehr. Eine Woche Aufenthalt reicht fast nicht aus, um all unsere Vorhaben und Einladungen zu bewältigen. Im Buchladen Männerschwarm treffen wir zufällig den «Eigentümer» meiner Lederhose (die ich heute ausnahmsweise nicht trage), einen netten Münchner.

09-08-84: Leon

Als wir heute durch die Einkaufsstraßen gehen, macht mich an einer Brücke ein sehr gutaussehender Typ an. Ich grinse ihn beim Weitergehen an, und er folgt uns. Ein paar Worte zwischen ihm und Paul, schon begleitet er uns in das Café Image. Sehr gutaussehend, blauäugig, durchtrainierter Körper, neunzehn Jahre jung, Däne, braungebrannt, Tänzer im Urlaub. Er sagt eine Verabredung zur Weiterfahrt ab und kommt mit uns.

Abends gehe ich noch ins Chaps. Der Wirt ist wieder da, bis zum Schluß sehen wir uns nur an. Als ich als letzter Gast zahle und schon zwanzig Meter vom Chaps weg bin, ruft er mir noch nach. Wir quatschen lange Zeit vor der Kneipentür. Tiefe Blicke, er hat einen Schlafgast zu Hause, so kann ich nicht mit ihm kommen. Ich spüre, es ärgert uns beide. Er würde mich gern morgen treffen, er ist sicherlich wieder hinter der Bar. Ich sage ihm zu und fahre mit der ersten S-Bahn nach Hause. Paul liegt neben dem «Kleinen». Es hat sich nichts abgespielt. Artig wichse ich Paul noch und penne ein.

10-08-84: Leon

Schönes Frühstück, wir beschließen, zum Bummeln in die Stadt zu gehen. Wir erregen immer etwas Aufsehen, egal, wo wir hinkommen. Besonders Kenneth (der kleine Däne), der in superkurzen Jeans rumläuft. Es wird ihm sogar nachgepfiffen. Wir gehen mit Heino essen und wollen anschließend anläßlich des Ledertreffens in die Fabrik. Auf der Fahrt werden wir kontrolliert, Kenneth hat keinen Fahrschein. Die Polizei wird gerufen, und Paul begleitet die Nervmannschaft zur Polizeiwache. Ich fahre mit Heino weiter zur Fabrik.

Beim Betreten der Räumlichkeiten werde ich fast unsicher. So viel Leder auf einmal! Trotz der riesigen Räume hängt der Duft dieses schwarzen Materials in der Luft. Doch dann sehe ich so manches vertraute Gesicht. Man kennt sich aus der Sub. Ich bin ein wenig stolz, daß mich so viele Kerle kennen.

Paul

Seite 300 im handgeschriebenen Buch: Wieder hat der maso einen Wunsch frei.

Leon

Der Wunsch mag zwar klein sein, vor allen Dingen für Dich leichter erfüllbar sein als die anderen. Trotzdem möchte ich ihn stellen:

Von Donnerstag, also von heute, bis Sonntag frei! Du bist in dieser Zeit weg, und ich komme mir eingesperrt vor. In dieser

Zeit kann ich Dich ja auch nicht vernachlässigen. Bitte erfüll mir den Wunsch und schränk ihn nicht ein. Lieber streichst Du ihn ganz, was ich nicht hoffe. Vielleicht nutze ich ihn gar nicht.

Paul

Zum 3. Wunsch:
Er ist gewährt, du weißt, daß du alle hundert Seiten einen Wunsch frei hast. Aber noch ein paar Sachen: Dein Meister würde sich freuen, wenn du etwas Zeit verwenden würdest, das Spielzimmer einzurichten. Hast du Ideen? Außerdem möchte ich, daß du dich ganz glatt rasierst. Wenn du allein in unserer Wohnung schläfst, tu es auf dem Boden zwischen den Balken. Bis gleich, liebe Küsse, denk daran, daß ich dich liebe.

10-08-84 Fortsetzung: Leon

Meine Stimmung steigt wieder. Ich treffe Kalle, den Wirt des Chaps, und er fragt mich, ob ich mit auf den Rang komme, weil man von oben besser die Show sehen kann. Ich merke, daß er schüchtern ist, aber doch was will. Lange stehen wir nebeneinander, obwohl er mir gesagt hat, daß er gleich wieder ins Chaps muß. Ich «durchforste» erst einmal die ganze Fabrik, sehe mir die Männer an. Zur Mr.-Europe-Wahl stehe ich wieder neben Kalle auf dem Rang. Er muß jetzt doch gehen, nimmt allen Mut zusammen und küßt mich. «Bis später im Chaps?» – «Ich komme nach.» Irgendwie komme ich mir gemein vor, mache den Typ an, der jetzt auf mich einsteigt, sich um mich bemüht, und weiß noch gar nicht, ob ich ihn abblitzen lassen muß. Denn für heute habe ich nicht «frei», Paul kommt ja hoffentlich noch. Trotzdem kann ich die Anmache nicht lassen, der Typ gefällt mir, und seine Schüchternheit macht mich an. Als ich Kenneth sehe, suche ich meinen Meister. Er ist nicht gut drauf, verständlich bei all dem Nerv, den

Er in den letzten Stunden mitgemacht haben muß. Ich begrüße Ihn angemessen, also auf Knien, Seinen Schwanz durch die Hose küssend. Doch Seine Stimmung bessert sich nicht. Erst als Er mit Thomas und einem Autor aus Berlin ins Quatschen kommt, lacht Er wieder. Ich will noch ins Chaps, doch Paul verbietet es mir, Er will, daß ich mit Ihm nach Hause komme. Durch meinen Kopf saust es. Vergißt Paul, was ich Ihm bei der letzten Diskussion über meine Probleme mit der Sub gesagt habe, oder verbietet Er es mir jetzt absichtlich? Bevor ich widerspreche, überdenke ich den Nerv, den ich das letzte Mal damit verursacht habe, und beschließe, Paul zu gehorchen. Schließlich ist ein Befehl des Meisters ein Befehl, dem der maso sich unterzuordnen hat, ob es ihm paßt oder nicht. Der Wille, ins Chaps zu gehen, ist trotzdem da, schon wegen Kalle. Ich folge Paul zum Nachtbus. Für mich ist es ein Fortschritt, Pauls Befehlen trotz meiner anderen Gelüste zu gehorchen. Zu Hause will Paul mit mir spielen, doch meine Stimmung kommt einfach nicht hoch. Ich weiß nicht mehr, was Paul mit mir gemacht hat, irgendwo verdrängt. Ich lege mich zum Schlafen auf den Fußboden, aus maso-Gründen oder aus Trotz? Ich weiß es nicht.

11-08-84: Leon

Heute ist mein freier Tag. Ich glaube, von Paul vergewaltigt worden zu sein. Eigentlich müßte ich mit Ihm darüber sprechen. Die Stimmung würde sich sicher bei beiden bessern. Doch ein scheiß Egogefühl hält mich zurück. «Er könnte ja auch mal...» etc. Mit meinem Stolz verletze ich nicht nur mich selbst, sondern grabe eine tiefe Furche zwischen Paul und mir. Auf der Hafenrundfahrt mit den Ledermännern setzt sich Paul ganz nach hinten, so daß Ihn niemand ansprechen kann. Ich hab meinen Spaß bei der Rundfahrt. Als wir anlegen, ist Paul verschwunden. Ich sehe Ihn nicht mehr und habe auch keine Lust, Ihn zu suchen!

Ein großer, dunkler Typ fragt mich, ob ich mit ins Image komme. Auf dem Weg lerne ich ihn besser kennen, er ist Franzose und wahnsinnig charmant. Allein die Sprache geht runter wie Öl. Ich sitze neben François auf dem Barhocker. Wir unterhalten uns über alles mögliche, seine Hand liegt auf meinem Oberschenkel. Ich denke, daß ich ohne diesen Frust mich nie so leicht hätte «rumkriegen» lassen. Wir fahren zu seinem Gastgeber, und er macht sich für den Abend fertig. Spätestens jetzt ist klar, daß ich die Nacht mit ihm verbringen werde. Er ist geil auf mich und fragt, wie lange wir im Bauernhaus (Veranstaltungsort des Ledertreffens) bleiben wollen. Mit einem Bekannten fahren wir hin. Ein großes Hallo, als ich am Revolt-Stand vorbeigehe. Sie witzeln über die Ausstellung und darüber, daß sie eine Fotoserie von mir hätten verkaufen können. «Aber dein Meister erlaubt es ja nicht.»

Wir erregen großes Aufsehen, als François mir die Hände mit seinem Gürtel auf dem Rücken zusammenbindet und mich so durch den vollen Saal schiebt. Ein: «Oh, laß ihn doch gefesselt!» geht durch die Runde, als er mir im Garten die Fesseln löst. Showtime, Büfett. Ich rede noch mit Heino und einigen anderen. Um elf Uhr brechen wir auf.

Der Mann läßt sich unheimlich viel Zeit beim Sex. Kein schnelles Abspritzen. Wir geilen uns auf, trinken Bier zwischendurch. Wir reden viel, er erklärt mir, was er gerne mag, fragt, was ich gerne hab. Wir sniefen jede Menge Poppers, und ich meine jedesmal, vor Geilheit zu platzen. Ich rasiere seinen Sack und Schwanz, streichle seinen Körper. Er fesselt mich, ich ihn, alles mit großer Ruhe, die von François ausgeht, die er bestimmt. Er bumst mich in allen möglichen Stellungen, ist fasziniert von meinem rasierten Unterkörper und dem Ring im Schwanz. Allein das Aussehen macht Ihn spürbar geil. Schaut mir lange beim Wichsen zu, er will meine Faust in seinem Arsch spüren. Ich bin erstaunt, wie sehr sich ein Schließmuskel entspannen kann. Drinnen heiß und glatt. Wieder raus, und noch mal steckt meine Faust in seinem Arsch, spüre ich das Zucken des Schließmuskels am Unterarm. Ich bewege meine Hand rhythmisch in seinem Darm, und er spritzt so ausgeglichen ab, als wenn er ein Glas erstklassigen Weins leerte.

Er macht mich mit einer Zigarette geil, verbrennt meine Haut am ganzen Körper mit der Glut. Ein Zeichen, das mich noch ein paar Wochen an Ihn erinnern wird. Ich spritze durch seine Hand ab. Doch verliert er seinen Charme nicht durchs Abspritzen. Wir liebkosen uns weiter. Eine Welle von Zärtlichkeit und Gewalt, die von Ihm ausgeht. Ein schöner, eitler Mann mit französischem Charakter, wie ich mir Franzosen vorgestellt habe. Es ist schon lange hell draußen, und noch immer finden wir keine Ruhe. Über zwölf Stunden spielen wir miteinander, selbst danach liege ich noch wach neben ihm und spüre keine Müdigkeit.

12-08-84: Leon

Aufstehen, duschen. Wir treffen in einer anderen Wohnung Finnen. Sie schwärmen von der deutschen Lederszene und sind begeistert, daß ich schon einmal in Finnland war. Gemeinsam fahren wir ins Chaps. Paul ist noch nicht da. Heino grinst von einem Ohr bis zum anderen, als er mich an der Eingangstür erwartet. Er redet kurz mit François und meint dann zu mir: «Mit etwas Geringerem gibst du dich ja wohl nicht zufrieden!» Ich muß lachen und gebe Heino recht. Er ist viel offener zu mir, gesprächig. Erzählt über Gummi, seine Eindrücke vom Ledertreffen. Die Distanz, die ich sonst zu spüren glaube, ist weg. Paul ist immer noch nicht da. Irgendwie vergeht die Zeit sehr schnell. Viele Leute quatschen mich an, wollten sich mit Paul unterhalten und tun es jetzt mit mir. Jetzt will ich Paul anrufen. Er ist sauer, weil ich Ihn nicht schon lange antelefoniert habe. Ich fahre mit dem nächsten Bus zu Ihm. Es gibt eine nervige Diskussion, so sachlich. Er versucht mir ständig weh zu tun. Immer denke ich, daß ich so nicht weiterreden kann, doch ich will. Irgendwann sind wir beide geil, ich bumse Paul, will Ihm meine Liebe so zeigen, nachdem Er sie mit Worten nicht annimmt. Doch die Diskussion geht glücklicherweise weiter und wird nicht nach dem Abspritzen unterdrückt. Wir reden eigentlich über das gleiche Problem wie am ersten Abend bei Heino. Mein Problem mit der Sub, Seine Eifersucht. Er ist eifersüchtig auf meinen Erfolg.

Ich beuge mich Pauls Befehlen ohne Widerrede. Wir gehen trotz meines Drängens nicht ins Chaps, und ich muß mein Versprechen, das ich Kalle gegeben habe, brechen. Ich füge mich Paul, doch dadurch ist mein Wille nicht gebrochen. Paul braucht einen Freund mit eigenem Willen, sonst ist diese Freundschaft uninteressant. Nur diese Qualen, gegen meinen Willen den Befehlen zu folgen! Ein Kräfteringen, wer oder was stärker ist, Pauls Befehle, Seine Dominanz, meisterliche Ausstrahlung und Auftreten oder mein eigener Wille, mein Ego, meine Eitelkeit und meine Zweifel an Pauls Stärke. Mein Stolz hat mich am Freitag zu Paul getrieben, mich veranlaßt, Ihm zu gehorchen. Mein Stolz arbeitet mit dem Trotz zusammen, gegen meinen Willen.

Unsere Diskussion klärt die Fronten zwischen uns, wir schließen beide, so glaube ich, mit dem Gefühl ab, weitergekommen zu sein.

13-08-84: Leon

Rückfahrt. Tschüs, tolles Hamburg! Es zieht mich überhaupt nicht nach Hause. Allerdings waren wir ja im Urlaub, der Alltag in Hamburg wird weniger rosig, oder besser ledrig, aussehen.

Die Rückfahrt ist lustig, Kenneth findet uns beide toll, wie er jetzt gesteht. Er ist ein sehr gutaussehender Kerl, doch ich habe mittlerweile eigentlich kein sexuelles Interesse mehr an Ihm. Wir packen schnell das Auto aus und fahren zu Freunden, die uns zu einem tollen Essen eingeladen haben.

Kenneth liegt erschöpft im Bett und schläft sofort ein. Auch zwischen uns beiden läuft nichts Sexuelles mehr, doch ist es herrlich, Paul einfach zu streicheln, Ihn liebzuhaben, noch etwas miteinander zu reden und in Seinen Armen einzuschlafen. Ich gebe Ihm noch Handschellen, die Er mir anlegt. Er kettet mir auch noch den Kopf mit dem Geschirr ans Bett.

Ich bin froh, als Paul mir die Lederriemen morgens vom Kopf schnallt, sie verursachten durch den Druck schreckliche Alpträume. Ich träumte von einem Wald, in den viele Ledermänner hineingingen. Doch sie verteilten sich, und ich war am Waldrand festgebunden, konnte nur sehen, wie sie zwischen den Bäumen verschwanden.

14-08-84: Leon

Ich verwöhne Paul mal wieder richtig im Bett. Schnüre Ihm die Eier ein, setze Ihm die Ledermaske von ROB auf – es ist Ihm immer noch zuwenig. Er bekommt noch das schwere Fußeisen und die neue Fesselstange verpaßt. Paul hält die Anspannung nicht lange aus und platzt los.

15-08-84: Leon

Wir verpennen heute morgen, doch es war so schön mit Paul im Bett.

Hektik im Betrieb, Pauls Eltern kommen mit Freunden und meiner Mutter zu Besuch in unsere Wohnung. Bin gespannt, was sie zu unserem Spielzimmer und unserer «Galerie» sagen.

Mir fällt jetzt schon die Decke auf den Kopf, wenn ich daran denke, daß Paul einige Tage mit einem Freund wegfährt.

Paul kommt ins Zimmer und errät sofort meine drei Wünsche. Ich spüre, wie nah wir uns sind. Es ist so schwer, meinen Angstgefühlen Worte zu geben. Wenn heute nacht das Geschäft abbrennen würde, würde ich noch dieses Jahr nach Hamburg ziehen. Doch die Chancen, ein Geschäft aufzubauen, wären dahin.

Paul

Noch einmal kurz zu gestern abend im Bett. Ich hatte mir fest vorgenommen, dir genau und im Zusammenhang von meinen Eifersuchtsgefühlen zu erzählen, und ich bin sehr froh, daß ich es auch getan habe. Das war für mich unheimlich wichtig, und ich bin stolz, es so einfach geschafft zu haben. Siehst du es ähnlich? Auf jeden Fall hat es sehr dazu beigetragen, daß ich heute so ruhig, sicher und sehr verliebt deine Nähe genossen habe.

Mich erinnert die Zeit jetzt an unsere Anfangszeit, nur ist alles noch schöner! So finde ich es auch nicht schade, mit solch einer Stimmung vier Tage wegzufahren. Die Begierde auf dich wird größer.

Sehr bemerkenswert übrigens, daß der maso das erste Mal auf Knien durch die Wohnung hinter mir hergerutscht ist.

Leon

Auch heute spielten wir miteinander. Paul konnte das Spielzimmer nach dem elterlichen Besuch wieder aufbauen. Ich hoffe, daß wir es so schnell nicht wieder abhängen müssen. Ich kroch Paul auf Knien vom Wohnzimmer ins Spielzimmer nach. Als Paul abgespritzt hatte, wichste Er mich. Ich durfte spritzen. Doch Paul war nach meinem Abspritzen ganz aufgeregt. Blut! Aus meiner Harnröhre tropfte Blut. Ich bekam Angst, da es nicht sofort aufhörte. Paul fuhr mich ins Krankenhaus. Das Größte, was der Arzt unternahm, war das Ausfüllen irgendwelcher Formulare. Als er mich fragte, ob ich irgend etwas in die Harnröhre eingeführt habe, blitzte es bei mir. In der Nacht mit dem Franzosen hatten wir uns ja Wattestäbchen in die Schwänze gesteckt.

Wir erholen uns von dem Schrecken in einer Eisdiele und fuhren nach Hause. Paul kettete mich auf dem Boden fest.

16-08-84: Leon

Heute fährt Paul weg. Ich räume die Wohnung auf und lese im Buch nach, wie Paul sich zu meinem Wunsch geäußert hat.

Allein der Gedanke, etwas unternehmen zu dürfen, beruhigt mich. Ich habe zwar nicht das Bedürfnis, einen Kerl abzuschleppen, doch ich darf, wenn ich will! Natürlich schlafe ich zwischen den Balken auf dem Boden.

18-08-84: Leon

Nachmittags treffe ich Usch. Endlich jemand, dem ich all meine Urlaubserlebnisse erzählen kann. Er gibt nur sehr wenige Menschen, denen ich meine Gedanken und Erlebnisse erzählen kann. Wir reden bis in die Nacht hinein über SM, mein Coming-out und über unsere gemeinsame Vergangenheit.

19-08-84: Leon

Gemütliches Frühstück, jetzt wird es aber Zeit, nach Hause zu fahren und Paul zu erwarten. Gerade bin ich am Stiefelputzen, da ruft Er auch schon an. Ich freue mich auf Paul, räume die Wohnung noch auf, nehme ein Bad.

Nach der Begrüßung liegen wir schnell im Bett. Ich bin geil darauf, Paul zu fesseln. Er kriegt die Maske mit Augenklappe und Knebel verpaßt. Ich fessle Seine Hände mit Handschellen auf den Rücken. Langsam weite ich Sein Arschloch, nehme mir viel Zeit, Paul aufzugeilen. Als vier Finger in Pauls Loch Platz finden, schiebe ich eine Kette nach, die Sein Arsch zur Hälfte schluckt. Der Eierspreizer strafft die Schwanzhaut, so daß ich Paul nur mit viel Öl und Creme wichsen kann. Er liegt auf dem Bauch und muß mir Seinen Arsch entgegenrecken. Mit einem langen Lederriemen binde ich Seine Eier und zerre sie fest in Seine Arschspalte. Das Band läuft in Seiner Kimme hoch bis zum Halsband, an dem ich es befestige. Paul kann Seinen Kopf in diesem breiten Lederhalsband kaum bewegen. Immer wieder zerre ich ein Kettenglied beim Wichsen aus Pauls Arsch. Jedesmal spüre ich die Wirkung. Sein Schwanz ist steinhart. Ihm bleibt gar nichts anderes übrig, als in dieser Lage abzuspritzen. Ich bin vom Spielen so aufgegeilt, daß ich Paul meinen Saft auf den Rücken spritze.

Später gehen wir mit Freunden essen. Ich schlafe, weil Paul mich holt, seit vier Tagen wieder einmal im Bett.

20-08-84: Leon

Ein langweiliger Abend. Wir sehen uns im Kino einen Hetero-SM-Film an. Doch die geilen Bilder aus dem Schaukasten vor dem Lichtspielhaus sind allesamt aus einer fünf Minuten dauernden Szene. Selbst unser heutiges Zubettgehen ist da aufregender.

Ich geile Paul durch Worte auf. Beschreibe Ihm beim Wichsen meine Geilheit, mach Ihn so an. Paul spritzt ab, und ich verziehe mich mal wieder auf den Fußboden.

21-08-84: Leon

Schon im Wohnzimmer geile ich Paul auf. Ziehe Ihm eine knappe Lederhose an, schnüre Ihm Sack und Schwanz mit dem Cockband ein. Ich will Ihm eine Kette ganz in den Arsch schieben, damit Er damit fernsehen kann und beim Herumlaufen das Gewicht in Seinem Darm spürt. Leider schafft Er nicht die ganze Länge der Kette. Im Bett verpasse ich Ihm das Kopfgeschirr und einen Lederknebel. Eine Hand in Handschellen, den zweiten Mechanismus verschließe ich um Sein Gehänge. Seine andere

Hand fixiere ich genauso um meinen Schaft. Paul «muß» nun zwei Schwänze wichsen. Ich treibe Ihn dazu. Meine verbale Animation hat Wirkung, und Paul spritzt durch Seine eigene Hand ab. Ich lecke Ihn ab und schließe uns voneinander los. Wann hab ich eigentlich das letztemal mit Paul zusammen abgespritzt? Ab auf den Fußboden.

23-08-84: Leon

Ich habe erst am späten Vormittag einen Termin, und so haben wir morgens schon Lust und Zeit, miteinander zu spielen.

Ich verpacke Pauls Schwanz mit jeder Menge Lederriemen, Seine Eier quellen glänzend aus dem Geschnüre heraus, und die Eichel pocht glänzend. Ich führe Paul vor den Spiegel, um Ihn mein Werk selbst sehen zu lassen. Ich werde durch den Anblick so geil, daß mir Paul erlaubt abzuspritzen, und schon rinnt die Wichse an Pauls Arsch und Seinen Oberschenkeln hinab. Um Paul Erleichterung zu verschaffen, muß ich Ihn erst freiwickeln.

Abends zieht mir Paul eine Lederhose mit eingearbeitetem Dildo an und verschnürt meinen mittlerweile harten Ständer mit Lederriemen. Als ich Paul den Eiersspreizer anlege und Ihm eine Gummimaske überziehe, fällt Er leider in Passivität. Mit viel Creme und Öl halte ich Paul am Rand eines Orgasmus. Er spritzt dann später doch ab, und ich darf im Bett schlafen.

24-08-84: Leon

Wir sind heute auf eine Schwarz-Weiß-Party eingeladen. Nach etwas Alkohol fängt der Abend an, auch mir Spaß zu machen. Ich flirte mit einem Türken, tanze, Small talk, und bin erst um vier Uhr zu Hause.

Als ich zu Paul ins Bett krabble, hält Er schon Handschellen für mich bereit.

25-08-84: Leon

Heute brauchte ich im Geschäft einige Aspirin, um mich wach zu halten. Zu Hause wollte ich eigentlich schlafen, doch Paul war geil und beschäftigte sich mit mir. Er verpaßte mir die Schwanzhose, verschnürte meinen Kopf in einer Ledermaske. Ich wurde geil, aber nicht geil genug – wie Paul später kritisierte. Ich war ziemlich passiv und dadurch für Paul langweilig. Am Balken verpaßte Er mir einige Hiebe, weil ich es nicht schaffte, den kleinen Dildo im Arsch zu behalten. Ich war auf die Schläge nicht gefaßt und tobte. Danach war ich so geil und wünschte mir von Paul, daß Er mich anwichst. Leider tat Er mir diesen Gefallen nicht, und so kümmerte ich mich um Pauls Wohlbefinden. Er brüllte, als ich Ihm im Stehen einen runterholte. Meine Geilheit hielt sich in Grenzen, und Paul war enttäuscht, als Er mich vor das Bett band und ich einfach einschlief.

Paul rang sich doch durch, mit mir später in die Kneipe zu gehen. Wir trafen Bekannte und gingen dann noch ins Hendersen. Christian war natürlich hinter dem Tresen und fragte mich neugierig über Paul aus.

Wieder reagiert Paul für mich nicht vorhersehbar, als ich mich brav vor Sein Bett lege. Als ich Ihm von der Bettkante aus die Füße küsse, kommentiert Er nur, daß ich langweilig bin, und dreht sich um.

26-08-84: Leon

Heute ist Meisterpflege angesagt. Ich bade Paul, rasiere Ihn.

Nachmittags waren wir bei einem Freund zum Kaffeetrinken verabredet. Mir wird klar, wie sehr Paul und ich mit unserer ausgelebten SM-Beziehung die Ausnahme bilden. Unser Gastgeber hat Ansprüche und Wunschvorstellungen, aber es bleiben halt nur Träume.

Trotz vieler Behauptungen, daß SM-Beziehungen nicht existieren können, stecken wir beide ganz tief drin. Mein «Erfolg» in Amsterdam, Hamburg oder Frankfurt gründete auf dem Ausleben von Phantasien mit Paul. Ich ziehe Kraft und «Stolz» aus unserem Zusammensein, auch Paul verändert sich zum Positiven. Mir wird wieder klar, daß Unterwürfigkeit gegenüber Paul sich erst einmal in meinem Denken realisieren muß, und daß aus dieser inneren Einstellung heraus das «Zeigen» entsteht. Sich vor Paul aus Trotz oder aus Gewohnheit auf die Knie zu werfen ist Theater! Ich belüge Ihn letztendlich damit. Ich will versuchen, Paul nur noch meine wahren Gefühle zu zeigen und Ihn lieber nur als Freund zu akzeptieren, wenn ich Ihn nicht als Meister spüre.

27-08-84: Leon

Paul überrascht mich abends mit Seiner Garderobe. Er trägt Uniformhose und -hemd, Schulterriemen und Reitstiefel, in denen die Gerte steckt. Ein Bilderbuchmeister! Doch ich reagiere nicht. Ich bin zu geschafft von der Arbeit. Ich hätte sofort auf die Knie fallen müssen, so toll sah Paul aus.

Er bezeichnet mich als langweilig. Es stimmt auch, ich bin unfähig, irgend etwas zu tun. Doch Pauls Aggressionen rühren nicht nur von meiner Passivität, Er hat den ganzen Tag nicht gegessen und ist deswegen so gereizt. Wir gehen noch einen Sekt trinken. Paul läßt mich mit einer Kette um den Hals in Seinem Bett schlafen.

28-08-84: Leon

Abends ist noch tolles Wetter, und wir gehen lange spazieren. Es tut gut, mal rauszukommen. Wir reden über die Schwierigkeiten, die es geben könnte, wenn Paul bei mir im Geschäft arbeiten würde. Ob wir nicht den Geschäftsnerv mit nach Hause schleppen würden.

Heute schlafe ich mal wieder zwischen den Balken auf dem Boden.

29-08-84: Leon

Wir haben heute mit Horst Fototermin. Den Kopf voll Geschäftsprobleme, entwickelt sich bei mir natürlich nicht das richtige Feeling, um vor der Kamera etwas zu leisten. Paul verdrosch mir noch den Arsch im Wald, so war es ganz aus. Es geht einfach nicht, ich bin kein Profi, der es gelernt hat, egal, in welcher Stimmung, immer cool vor der Kamera zu stehen. Ich versuchte Paul die Situation zu beschreiben, aber es ist halt kein Ledertreffen im Wald, wie Paul richtig bemerkte. Ich war froh, als wir ins Café fuhren. Noch glücklicher machte mich Paul, weil Er deswegen nicht sauer war. Horst wollte bei uns zu Haus noch Detailaufnahmen machen, um den Film vollzukriegen. In der Wohnung war meine Stimmung schon besser, vor allem, als ich ein Glas Gin getrunken hatte. Horst spannte einen neuen Film ein, und das war das Letzte, was ich von Horst und seinem Fotoapparat mitkriegte. Paul machte mich so geil, daß alles von selbst vor die Kamera kam. Ich wunderte mich noch, warum nichts mehr kam, bis ich feststellen mußte, daß der Film schon voll war.

Als Paul und ich ins Bett krochen, waren wir beide geil. Paul gab mir sofort «frei», als Er meine Finger um Seinen Sack gepreßt fühlte. Ich wollte Paul «vernaschen», schnürte Seinen Kopf ein. Als ich Ihn an Händen und Füßen gefesselt fickte, stöhnte Er nicht nur vor Schmerz, sondern auch vor Geilheit. Es setzte Ohrfeigen oder ein paar auf den Arsch, wenn Paul Seinen Schwanz nicht sofort hochkriegte. Er hing am Balken, nicht fähig, sich meines Schwanzes zu erwehren, der in Seinem Arsch bohrte. Ans Bett gefesselt, bettelte Paul, Ihn noch nicht abspritzen zu lassen.

So mußte Er sich von mir abfüllen lassen. Ich pumpte Ihm meine Wichse in den Mund, bis Er hustete. Ich wollte fernsehen und ließ Paul so, wie Er war, gefesselt im Spielzimmer. Doch konnte ich mich nicht auf den Film konzentrieren. Ich wollte Paul spritzen sehen! Das tat Er auch, und wie! Danach lag Er wie benommen im Bett, kriegte kaum Seinen Mund auf. Wir schliefen aneinandergeschmiegt ein.

30-08-84: Leon

Wir setzten heute das «Programm» von gestern fort. Ich fessle Paul ans Bett, mit Handschellen und einer Kette um den Hals muß Er schlafen. Eigentlich hätte ich Lust, Ihn aus dem Bett zu werfen, doch drücke ich mich so gerne beim Schlafen an Ihn. Ich lasse mich von Paul wichsen und spritze ab, Er bleibt trocken. Doch Paul weckt mich immer wieder auf, reibt Seinen Ständer an meinem Arsch, wichst mich oder streichelt über meinen ganzen Körper. Er kann vor Geilheit nicht schlafen. Außerdem schläft man mit Spielzeug schlechter, vor allem, wenn man es nicht gewohnt ist.

Ich finde Gefallen an der Rolle. Als ich Paul auf Seine maso-Gefühle anspreche, verteidigt oder entschuldigt Er sich nicht dafür wie sonst, sondern gibt mir einfach recht. Ich merke an mir, an Paul und unserem Zusammenleben, daß wir die letzten Tage, an denen ich die «aktive» Rolle übernommen hatte, ausgeglichener waren. Ich erlebe keinen Streß beim Sex, bin danach total ausgeglichen, verliebt. Paul scheint es ähnlich zu gehen, oder? Bin gespannt, was daraus wird.

31-08-84: Leon

Das Wochenende über waren die Rollen vertauscht, wobei ich mich sehr wohl fühlte. Bei mir hätte es ein maso bestimmt nicht leicht. Obwohl mein Auftreten als Aktiver viel von meiner Geilheit abhängt: Wenn ich nicht «drauf» bin, hab ich auch weniger Lust, despotisch aufzutreten. Das ganze Wochenende malträtierte ich Paul, band Ihn ans Bett, knebelte Ihn. Sein Arsch wurde ganz schön strapaziert. In der Nacht schläft Paul angekettet neben mir im Bett.

September

01-09-84: Leon

Es macht mich an, Paul leichte Schmerzen zuzufügen, Ihm die Eier zu quetschen, bis Er aufstöhnt. Meine Finger bohren immer wieder in Seinem heiß gewordenen Loch. Nach dem Abendessen gehen wir noch in verschiedene Kneipen, aber es ist nichts los. Ich überlege, ob ich morgen Paul einfach das Tagebuchschreiben überlassen soll, doch ich entscheide mich dafür, es selbst fortzuführen, meine Gedanken zu schreiben, die sonst doch untergehen würden.

02-09-84: Leon

Wir wollten unbedingt «etwas» machen, aber wir saßen nur unschlüssig in der Wohnung. Abends packte mich der Frust, ich mußte raus. Paul bat mich, Ihn während meiner Abwesenheit ans Bett zu ketten. Ich spazierte erst mal über die Klappe, nichts los. Ich traf noch einen Bekannten, das tat richtig gut. Meine Stimmung besserte sich erheblich.

Paul kettete sich freiwillig in «Geschirr», und ich schloß Ihn an den Balken. Er wird die Nacht auf dem Boden verbringen.

03-09-84: Leon

Frank kommt zu Besuch. Es ist sehr angenehm. Wir liegen im Spielzimmer zum Quatschen. Frank schläft bei Paul im Bett, und wir geilen uns zu dritt auf. Frank wichst mich, und patsch, kriege ich eine Ohrfeige von Paul. Mir kommt der Mann aus Emden in den Kopf, mit seinen «komischen Gefühlen». Frank wird wahrscheinlich als «Nicht-SMler» ähnlich reagieren. So, wie ich mich auf den Dreier gefreut habe, bin ich froh, als Frank endlich abspritzt. Ich pack es nicht, Frank, der sich auf Spaß an einem Dreier eingestellt hat, so unvorbereitet mit solchen Regeln zu konfrontieren. Frank bemüht sich noch sehr um Paul, aber Er kriegt keinen hoch. Auch als Paul mir befiehlt, die Gummimaske aufzusetzen, ist es für Ihn nicht geiler. Ich verkrieche mich auf den Boden, was Frank wieder verunsichert, und schlafe schnell ein.

04-09-84: Paul

An sich habe ich das «Buch» ja immer gleich gelesen, aber in der letzten Zeit nicht mehr regelmäßig. Ich weiß nicht, warum. Angefangen hat es vor vier Tagen mit einem gewissen Frust über dein langweiliges Verhalten. Nach dem Motto, wenn nichts läuft, steht auch nichts Interessantes im «Buch». Also warte ich ein paar Tage ab, damit es durch Quantität ausgeglichen wird, so dachte ich. Aber alle Achtung, als ich eben die letzten Tage gelesen habe, war ich sehr überrascht. Toll, wie du deine «Meisterallüren» und Entwicklungen beschrieben hast.

Ich hab mich in den letzten Tagen tatsächlich sehr wohl gefühlt und finde deine weiterführenden Gedanken ziemlich toll, zum Beispiel, mich ins Buch schreiben zu lassen.

Ich habe jetzt am Montag die Rolle des Meisters wieder übernommen, aus Gewohnheit, aus Pflichtbewußtsein? Nicht nur du bist unsicher in deiner Rolle – auch ich! Heute, wie du mich mittags gewichst hast und mich ausdrücklich «verwöhnen» wolltest, hab ich viel daran gedacht, daß ich jetzt meine Meisterrolle unbedingt wieder übernehmen, meine Autorität wieder durchsetzen müsse. Also mußt du die Maske aufsetzen, also muß ich dich für das Wichsenlassen von Frank mit der Gerte bestrafen. So richtig stand ich heute nicht dahinter, und geil war ich auch nicht. Die sehr wichtige sexuelle Variante fehlte also fast ganz. Ein formales Beweisen: «Paul kann es noch» stand im Vordergrund. Dann merkte ich auch deine Unsicherheit und konnte dich auch plötzlich nicht mehr schlagen.

Ich finde es toll, daß ich das einfach so ohne Worte gespürt habe. Ein toller Beweis unserer Liebe, zum anderen kam ich mir aber auch unheimlich «aufgesetzt» vor in meinem krampfhaften Versuch, mich dir in meiner Meisterrolle zu beweisen. Bei dieser Gelegenheit wird mir auch ein wichtiger Punkt klar, den du in der letzten Zeit des öfteren im Buch und auch sonst geschildert hast: den sexuellen Trieb als bestimmenden Punkt für SM.

Du bist eigentlich in der letzten Zeit gefühlvoller und sexueller an unsere SM-Beziehung rangegangen als ich. Ich habe öfter auf der Erfüllung der Regeln bestanden und habe dabei keine Geilheit gespürt. Im Grunde ist ja meine Spielzeugsammlung der Mittelpunkt, und die Erziehung mit allen Regeln und meine Meisterrolle sind seit unserer Beziehung (der denkwürdige 16-12-83) dazugekommen. Ich hatte als bisheriger maso ja keinerlei Erfahrung und bin im Grunde immer von Sachen ausgegangen, die ich als maso geil finde. Ich mag es sehr, nicht nur im Spielzimmer dieses Rollenspiel zu machen, sondern auf alle Bereiche auszuweiten. Trotzdem sind die maso-Gefühle dagewesen.

Was meinst du, liebster Mann, zu diesen ganzen Gedanken? Wie sollen wir das weitermachen? Wie sieht es mit deiner Unsicherheit aus? Sollen wir mal die veränderten Rollen über einen längeren Zeitraum beibehalten?

An sich reizt mich der Gedanke schon, zumal du ja auch geschrieben hast, daß auch du sozusagen Blut geleckt hast. Eine andere Möglichkeit wäre die, daß du sehr viel mehr maso bist, was mir die Rolle auch leichter machen würde, schließlich habe ich die letzten Monate unheimlich genossen und sowohl an meiner Rolle als auch an dir Gefallen gefunden, dich sehr, sehr tief lieben gelernt.

187

Die dritte Möglichkeit, über längere Zeit keine Rollen zu verteilen, sehe ich nicht, weil das lange nicht die geilen Möglichkeiten eröffnet. Du siehst also, wie nahe sich S und M liegen, und du siehst auch, daß es an beiden gemeinsam liegt, wie wir weitermachen wollen. Denn aufhören kann ich weder mit SM noch mit dir, weil ich merke, daß ich regelrecht abhängig von deiner Liebe bin. Ich möchte mit dir zusammenleben und noch sehr viel für dich tun, weil ich dich einfach liebe, so, wie du bist, mit allen deinen Problemen. Ich liebe dich!

Leon

Jetzt viel zu schreiben bring ich nicht, dazu bin ich von heute zu sehr kaputt. Doch eines: Ich liebe Dich! Viele Gedanken gingen mir durch den Kopf, als ich las, was Du geschrieben hast. Sie laufen bei mir ganz genauso ab, bis hin zu den gleichen Formulierungen (Blut geleckt).

06-09-84: Leon

Pauls Niederschrift hat mich tief beeindruckt. Zum einen, weil da ein ganz anderer Paul schreibt. Einer, den ich in Seiner Offenheit gegenüber sich selbst und mir (anderen) so noch nicht kennengelernt habe. Ein riesiger Schritt, den Paul getan hat. Für uns beide und sich selbst. Zum anderen erstaunt mich Pauls Geschriebenes, da Seine Gedanken bis ins Kleinste meinen gleichen. Es geht so weit, daß Er dieselben Ausdrücke verwendet, die mir im Kopf gewesen sind. Es erübrigt sich für mich, den Dienstag zu schreiben, es wäre eine Kopie von Pauls Seiten, denen nichts hinzuzufügen ist. Die Frage, die Du mir über das Weitermachen stellst, ist auch bei mir noch offen. Klar ist für mich, daß ich als maso im jetzigen Geschäftsstreß nicht weiterkomme. Schläge oder sonstiger «Terror», sei es auch nur Schwanzverbot, lösen bei mir sofort Streß aus, nicht wie früher Geilheit. Jetzt überlege ich, daß der Streß im Geschäft ja schon länger geht. Die Aggressionen auf deine Schläge und das Sauer-Reagieren auf die Ohrfeige im Bett entstanden aber erst nach meinem «Blut lecken». Gestern fühlte ich mich wieder ganz anders, als ich Dich im Bett hatte, mit Handschellen und Maske. «Kopfmäßig» ließ ich Dich von Frank behandeln und war so geil, daß mich der Schwanz vom Wichsen sogar schmerzte. Ich habe Gefallen an dieser Rolle! Und: Ich kann und will im Moment nur diese Rolle.

Am Montag ging mir schon im Kopf herum, Dir vorzuschlagen, unsere Beziehung, zumindest für die Wochen, in denen ich jetzt Streß habe, in den «neuen Rollen» zu leben. Als maso kann ich jetzt nicht bestehen.

Das Buch werde ich weiterführen, und es wird Dein Buch bleiben, so will ich es.

Angaben zu den Autoren

Paul wurde 1949 in Hamburg geboren. Nach Abschluß der Handelsschule kaufmännische Lehre im Hafen, 1976 Umzug nach Bayern. Schon seit der Kindheit beschäftigten ihn sadomasochistische Phantasien. Nach dem schwulen Coming-out 1979 war er an der Gründung einer regionalen Schwulengruppe und einer bundesweiten Schwulenzeitschrift beteiligt. Seit 1985 mit seinem Freund gemeinsam Inhaber mehrerer Geschäfte.

Leon wurde 1962 in Bayern geboren. Nach der Mittleren Reife Mitarbeit im elterlichen Geschäft, das er später übernahm. Schwules Coming-out 1983, kurz vor Beginn dieser Tagebuchaufzeichnungen. Wurde in der Beziehung zu Paul mit Sadomasochismus konfrontiert.

Kontakt zum Autor:
Pauls.Buecher@gmx.de

Pauls Bücher
Tagebuch einer SM-Beziehung
1. Buch: Die Entwicklung

Hg. Von Joachim Bartholomae

© MännerschwarmSkript Verlag
Hamburg 1998
Umschlaggestaltung: Carsten Kudlik, Bremen
Satz: H & G Herstellung, Hamburg
Druck: Interpress, Ungarn
2. Auflage 2004
ISBN 3-928983-59-8

MännerschwarmSkript Verlag GmbH
Lange Reihe 102 – 20099 Hamburg
www.maennerschwarm.de
verlag@maennerschwarm.de